隠居与力吟味帖

錆びた十手

牧　秀彦

学研M文庫

目次

本書は文庫のために書き下ろされた作品です。

第一話　錆びた十手

一

江戸では桃の節句を終えた頃、桜の花が満開となる。

陽暦ならば四月も初旬。市中はもとより飛鳥《あすか》山や御殿《ごてん》山、さらには小金井《こがねい》堤などの郊外の桜の名所にも、善男善女が大勢繰り出す頃合いであった。

そんな花見日和《びより》の陽光の下を、一人の男が駆けてゆく。

大店《おおだな》の主《あるじ》と思《おぼ》しき、恰幅のよい中年男である。

高価な古渡唐桟《こわたりとうざん》の裾《すそ》を乱し、派手派手しい偽紫《にせむらさき》の裏地を剝《む》き出しにしている。履物《はきもの》をどこかで無くしてしまったらしく、足袋《たび》はだしになっていた。

意に介さず、男は走り続ける。

「ありゃあ、加賀屋《かがや》の旦那じゃないのかい」

「いってえ何の酔狂《すいきょう》だい？　花見の余興ってわけじゃなさそうだがなぁ……」

道行く人々は解《げ》せぬ様子で小首を傾げ、懸命に駆ける男を見送るばかりだった。

加賀屋庄兵衛《しょうべえ》、五十二歳。蔵前《くらまえ》で札差《ふださし》を営む男である。

大川《おおかわ》の浅草《あさくさ》・御厩河岸《おうまやがし》には幕府の御米蔵があり、諸国の天領から集められた年貢米が保管されている。

年貢米は将軍家直参《じきさん》の旗本・御家人の俸禄《ほうろく》に充《あ》てられているが、現物で支給されても換金に手間がかかるため、御米蔵からの受け取りと換金を代行する業者に手数料を支払って委託するのが常だった。

蔵前——御蔵米の前に店を構えた業者たちは札差と呼ばれており、換金代行を請け負うだけではなく、顧客の旗本・御家人が先々に受け取る禄米を担保にして金を貸すことも行っている。のみならず、米の流通と価格の変動に詳しい稼業上の利点を生かして相場を張り、大いに儲《もう》けていた。

とりわけ加賀屋庄兵衛は同業の株仲間内《うち》でも大物であり、江戸市中で知らぬ者のいない分限者《ぶげんしゃ》だった。

その分限者が供も連れずにただ一人、まるで物の怪《け》にでも憑《つ》かれたかの如《ごと》くに一心不乱で疾駆しているのだ。

酒気はまったく帯びていない。

福々しい頰を強張《こわば》らせ、小さな双眸《そうぼう》を吊り上げている。

その気迫に圧倒されて、行く手の人々は次々に道を開けていた。

庄兵衛はひたすら走り続けた。

新両替町《しんりょうがえ》、銀座町《ぎんざ》と続く雑踏を抜けていくと数寄屋《すきや》河岸に至る。

千代田《ちよだ》城（江戸城）の外濠《そとぼり》に面した河岸に出るや、喝《かつ》と目を見開いた。

血走った両の目は、御濠の対岸へと向けられている。

「はぁ……はぁ……」

両の脚はもつれ、今にも転びそうである。

常日頃は辻駕篭《つじかご》ばかり用いている身で、大川に面した蔵前から一里（約四キロメートル）以上も走り通した後とあっては、疲労困憊《こんぱい》してしまうのも無理はない。

それでも庄兵衛は、立ち止まろうとはしなかった。

息も絶え絶えになりながら、懸命に数寄屋橋を駆け渡っていく。

白髪まじりの髷《まげ》に、桜の花びらがくっついている。

眼下の御濠にも桜花が舞い散っていたが、そんな佳景になど庄兵衛は目もくれてはいなかった。

汗の滲《にじ》んだ双眸に大きな長屋門が映じた。

南町奉行所である。

黒渋《くろしぶ》塗《ぬ》りの門構えと対を成す、白漆喰《しろしっくい》の海鼠《なまこ》壁は優美そのものだ。

物々しい番所櫓《やぐら》が設けられていなければ、町奉行所とは思えぬ外見である。

よろめく足を踏み締め、庄兵衛は門前へとまろび出る。

「お、お頼み申します!」

何事かと駆け寄ってきた門番に向かって、声を限りに訴えかけた。

「て……手前の店より……い、一万両が失せましてございまする——!」

時に天保《てんぽう》十一年(一八四〇)三月四日(陽暦四月六日)。

昨年の末に老中首座《ろうじゅうしゅざ》となった水野越前守忠邦《みずのえちぜんのかみただくに》が表向きは大御所《おおごしょ》の徳川家斉《とくがわいえなり》に遠慮をしつつ水面下での幕政改革を企図し、その手始めとして庶民の暮らしに厳しい規制を加え始めていた矢先に出来《しゅったい》した一大事であった。


前代未聞の駆け込み訴えを南町奉行は速やかに受理し、介抱《かいほう》を受けた庄兵衛に事の次第をたしかめた上で、加賀屋へ配下の定廻《じょうまわり》同心たちを急行させた。

庄兵衛曰《いわ》く、事が発覚したのは夜が明けてからのことだという。

前日の雛祭《ひなまつ》りでは一家揃って歓を尽くし、奉公人の皆も酒宴でお相伴《しょうばん》に預かった後となれば、眠りが深かったのは無理もあるまい。

姿なき下手人は、その隙を巧妙に突いたのだ。

金蔵は知らぬ間に破られ、十個の千両箱はすべて空っぽになっていたという。

加賀屋では商いで動く金とは別に一万両を蓄え、危急の折に備えている。

その虎の子の金を何者かが持ち去ったわけだが、到底、一人や二人で為し得ることとは思えなかった。

千両箱は気軽に担げるような代物《しろもの》ではない。

何しろ、空箱でも一貫《かん》（三・七五キログラム）余りもあるのだ。

その上に二十五両の切り餅《もち》で四十個、ざっと十貫（三七・五キログラム）の中身が
加われば、大の男でも担ぎ出すのは至難の業《わざ》だった。

運びやすい背負い袋などに詰め替えて一人が千両ずつ受け持ったとしても、一万両
を持ち去るとなれば、運び手を十人は動員しなくては埒《らち》が明くまい。

それだけの人数が忍び入ったはずなのに、気づいた者は誰もいなかった。

さらに熟睡していた加賀屋一同と近隣の住人だけでなく、町境《まちざかい》を見張る番人たちも
怪しい者の姿などは見かけていないと証言したのだ。

江戸の町々は、木戸で区切られている。

夜四《よ》つ（午後十時）になれば木戸は閉じられ、町は完全な密室と化す。

その密室から、少なくとも十人はいたであろう盗賊と大金が、雲を霞《かすみ》と消え去って
しまったのである。

町内の何処《いずこ》かに身を潜めているのか。

あるいは加賀屋が店ぐるみで芝居を打ち、一万両を盗まれたことにして隠匿《いんとく》したの

ではあるまいか――蔵前一帯を調べ廻った上で、南町奉行所が狂言《きょうげん》強盗の線もあると疑い始めたのも当然のことであった。

むろん、主の庄兵衛は頑強に否定した。

徹底した家捜《やさが》しが行われ、縁の下から厠《かわや》の汲《く》み取り口まで調べさせたものの切り餅どころか板金《いたきん》一枚とて見つかりはしなかった。

蔵の鍵は庄兵衛が自ら管理しており、型を取られた形跡も皆無だった。

それに、たとえ何者かが鍵に細工することができたとしても、肝心の盗み出された金の行方が五里霧中なのだ。

つくづく不可解きわまりない事件である。

北町奉行所にも協力が要請され、蔵前一帯の町人地は隅々まで――およそ大金とは縁のない裏長屋まで調べ直されたが、手がかりは一向に見つからなかった。

二

三月九日（陽暦四月十一日）。

事件発生から五日目の昼下がりである。

桜は散り始め、そろそろ葉桜となりつつあった。

青葉越しの陽射しの下、一挺《いっちょう》の乗物（私有の駕篭）が数寄屋橋を渡っていく。

供は連れていない。お忍びといった様子である。

四人の陸尺《ろくしゃく》は無言のまま、一糸乱れぬ動きで歩を進めている。

やがて黒渋塗りの長屋門が見えてきた。

門番の小者は携えていた六尺棒を下ろし、恭《うやうや》しく立礼して迎え入れる。

門から玄関の式台へ続く路の両側には那智黒《なちぐろ》の砂利石が敷き詰められ、幅広い板状の敷石が通っていた。

陽光を受けた玉砂利が煌《きら》めいている。

乗物は粛々《しゆくしゆく》と進み、広い玄関に横づけにされた。

屋根上の大きな甍《いらか》が物々しい玄関だが、柱も羽目板《はめいた》も総檜《そうひのき》製で柔らかな印象を与えられる。それでも奥の棚には幾挺もの鉄砲が備え付けられており、有事の備えが万全であることを窺わせた。

腰網代《こしあじろ》の引戸が開かれ、一人の男が式台に降り立つ。

「いい天気だなぁ」

男は思い切り背を伸ばし、雲ひとつなく晴れ渡った空を見上げて目を細めた。

苦み走った、精悍《せいかん》な造作《ぞうさく》の持ち主である。

身の丈こそ並だが四肢《しし》は太い。袴《はかま》を着けた上からでも、筋骨逞《たくま》しい体格をしていることが見て取れた。

遠山左衛門尉景元《とおやまさえもんのじょうかげもと》、四十八歳。

ほんの一廻り（一週間）前、三月二日（陽暦四月四日）に着任したばかりの新しい北町奉行だ。

「ご苦労さん。ゆっくり休んでいねぇ」

陸尺たちに労《ねぎら》いの言葉をかけると、遠山は玄関の踏み段を昇っていく。

裃を着けているのは、下城してきたところだからだ。

町奉行は日がな一日、奉行所に詰めていられる立場ではなかった。朝から昼までは城中に出仕していなくてはならず、午後になるまでは帰ってこられない。

遠山は呉服《ごふく》橋の北町奉行所へ戻る途中に方向を変え、ここ数寄屋橋の南町奉行所に立ち寄ったのだった。

供の侍と中間《ちゅうげん》たちを先に帰したのは、人目に立たぬための措置だった。

内密に二人だけで話をしたいというのが、待ち人である先方からの要望なのである。

「お待ち申し上げておりました。さ、こちらへ……」

待機していた壮年《そうねん》の与力《よりき》に案内され、遠山は奥へと向かう。

長い廊下に沿って、各役の詰め所が設けられていた。

廊下を行き交う同心たちは二人の姿を認めるや立ち止まり、すぐさま脇へ退いては丁寧《ていねい》に頭を下げていく。

「躾《しつけ》が行き届いているなぁ」

「当たり前のことにございまする」

感心する遠山に対し、与力は慇懃《いんぎん》に答えた。

「町方《まちかた》の流儀ってのは荒っぽいもんだとばかり思っていたが、違うんだね」

「お奉行が申されますのは、廻方同心のことにございましょう。市井《しせい》を探索して廻る立場ともなりますと、あまり武張《ぶば》ってはおられませぬので……」

そう言いながら、与力は懐かしむように微笑む。

見るからに温厚な、この品のよい五十男にも、かつてはそういう面々を束ねた時期があったのだろう。

与力の名は仁杉《ひとすぎ》五郎左衛門《ごろうざえもん》、五十四歳。

年番方《ねんばんがた》を務める南町最古参《さいこさん》の与力で、現場経験が豊富なのみならず砲術と軍学にも長じていると評判の人物である。

遠山も顔を合わせるのは初めてだが、その評判はかねてより聞き及んでいた。

仁杉は腕が立つばかりでなく、頭も切れる。

四年前の天保七年（一八三六）に大飢饉《ききん》が発生したとき、南町奉行所は江戸の民を飢えから救うため公儀《こうぎ》が放出する御救米《おすくいまい》の調達を担った。そのとき御救米取扱掛《とりあつかいがかり》を任された仁杉は市中の米問屋たちを能《よ》く指導し、限られた予算内での米の買い付けに成功。南町奉行の名を大いに高めた。

海千山千の商人連中が飢饉《ききん》に乗じて荒稼ぎせぬように監視の目を光らせ、もちろん使い込みや賄賂《わいろ》も許さず、緊急の買米を一両の狂いも出さずに実現させた仁杉の功績は並々ならぬこととして、公儀から高く評価されていた。

遠山と仁杉は奉行所の中を通り抜けて、渡り廊下を進んでいく。

中庭に射す陽光が眩しい。

北町でも南町でも奉行所は役宅、すなわち奉行の住まう屋敷と繋《つな》がっている。

南町奉行は役所ではなく、自分の屋敷に遠山を招いて話をするつもりなのだ。

ほどなく、二人は奥座敷の前に出た。

仁杉は袴の裾を払い、膝を揃えて廊下に座る。

「遠山左衛門尉様、お越しにございます」

「大儀《たいぎ》」

慇懃に仁杉が訪《おとな》いを入れると、障子越しに嗄《か》れた男の声が聞こえてきた。

「さればお奉行、こちらへ……」

遠山を招《しょう》じ入れると、仁杉は障子を閉めて去っていく。人払いをされるまでもなく、委細を心得ている様子であった。

座敷の中で上座に着いていたのは、六十がらみの細面《ほそおもて》の男だった。

「ご足労をかけて相済まぬの、左衛門尉殿」

呼びかける声こそ嗄れているが、両の目は炯々《けいけい》と鋭い光を放っている。

筒井伊賀守政憲《つついいがのかみまさのり》、六十三歳。

文政《ぶんせい》四年（一八二一）に四十四歳の若さで南町奉行所に着任してから来年で二十年目を迎えることになる、大岡越前守《おおおかえちぜんのかみ》の再来とも賞された傑物《けつぶつ》である。

筒井は一足先に下城していながら着替えをせず、堅苦しい裃姿のままで遠山が来るのを待っていた。

痩《や》せてはいても背筋がすっと伸びており、腰の据わりも安定している。脇息《きょうそく》などを用いることもなく、姿勢よく座していた。

「失礼いたしまする」

遠山は膝行《しっこう》して下座に着き、折り目正しく一礼する。

「楽にせよ、左衛門尉殿」

座礼を返した筒井は、鷹揚《おうよう》に告げた。

「恐れ入りまする」

遠山が膝を崩すのを待ち、筒井も安座する。

寛いだ姿勢を取りながらも、二人の表情は深刻そのものであった。

「いよいよ万策尽きましたな、お奉行」

「うむ」

遠山の問いかけに、筒井は沈鬱《ちんうつ》な表情でつぶやく。

「儂《わし》の皺腹《しわばら》ひとつで事が済めばよいのだがのう……」

「弱気なことを申されますな、伊賀守様」

遠山は、じっと筒井を見返す。

「まだ事は終わっておらぬのです。ゆめゆめ急《せ》いてはなりませぬぞ」

語気も強く諫《いさ》めてはいるが、遠山の表情は暗い。

目下のところ、二人は進退を迫られている。

このまま事件を解決できなければ、責を取れと言われているのだ。

つい先ほども、きつい叱りを受けてきたばかりである。

二人に雷を落としたのは水野越前守忠邦、四十七歳。

幕政改革の理想に燃える、若き老中首座だった。

一刻前、江戸城中――。

水野越前守は怒り心頭に発していた。

「そなたらは一体、いつまで手をこまねいておるつもりなのかっ！」

細面の、見るからに神経の細かそうな顔立ちである。

手入れの行き届いた口髭《くちひげ》が、ふるふると打ち震えている。

御用部屋に呼び出された遠山と筒井は畳の上にひれ伏したまま、面を上げることもできずにいた。

老中たちの共用の執務室である御用部屋は二十畳ほどの広間で、人数分の机と火鉢が席次順に並んでいる。他の老中は水野に遠慮し、席を空けていた。

老中には数名が任じられ、最高位を首座と呼ぶ。非常時のみ任命される大老《たいろう》を例外とすれば、老中首座は幕政の頂点に立つ者なのだ。

水野は文政十一年（一八二八）に西ノ丸老中として幕閣入りしたのを皮切りに出世を重ね、昨年末に最高責任者の老中首座にまで上り詰めた。

若い頃から天下の政《まつりごと》を取り仕切ることを切望してきた水野は、目的を遂げるために手段を選ばぬ男だった。

縁故《えんこ》に頼ったり賄賂をばらまく程度ならばまだ可愛げもあろうが、水野のやり口は徹底したものであった。何しろ老中職に就《つ》くのに必要となれば、家代々の藩領さえも迷うことなく捨ててしまえるほどなのである。

幕政には外様《とざま》大名や、たとえ譜代《ふだい》であっても、九州の沿岸防備など特別な役目を担《にな》う大名は参加が許されない。

ために水野は文化《ぶんか》九年（一八一二）に受け継いだ唐津《からつ》藩をわずか五年治めただけで幕府に返納し、浜松《はままつ》藩六万石への転封《てんぽう》を願い出た。

代々に亘《わた》って水野家に尽くしてくれた領民を見放し、九州の地に根付いた家臣団に不本意な移住を強《し》いてまで、己《おの》が出世を選んだのである。

徹頭徹尾、自分のことしか考えていない。

町奉行の二人にも反論はおろか、弁解さえ許そうとはしなかった。

「面目次第もございませぬ」

「そう申すならば、一時も早《はよ》う事を収めるのじゃ、伊賀守。まったく、南の名奉行が聞いて呆れるわ」

平伏したまま言上《ごんじょう》する筒井に対し、水野はにべもなく吐き捨てる。

親子ほども齢の違う筒井に冷たい眼差しを向けながら、厳しい言葉を浴びせかけるばかりであった。

続いて、水野は遠山へと視線を巡らせた。

「そなたも同罪であるぞ、左衛門尉」

「は……」

「儂が掛けてやりし大恩にこのまま報いられぬとあれば、北町奉行の首を早々にすげ替えねばなるまい。それでも構わぬか？」

実に居丈高《いたけだか》な物言いである。

たしかに水野の引き立てがなくては、遠山が町奉行職に抜擢《ばってき》されることなどは有り得なかっただろう。しかし、あからさまに口に出されては身も蓋もない。

どうやら水野は焦りを覚えているようである。

老中首座として改革を推し進めんとした矢先に、思いがけず出来した盗《ぬす》っ人《と》騒ぎでけちをつけられたことが悔しくてならないのだろう。

体面上の問題だけではあるまい。

かねてより水野は札差を物価高騰の元凶と見なし、彼らの同業者組合である株仲間を取り締まる折を虎視眈々《こしたんたん》と狙っていた。

昨年末に念願の老中首座となり、幕政の最高責任者としての権力を存分に振るって札差たちを弾圧しようと考えていた矢先に、こたびの事件が起きたのだ。

事件を解決できぬまま株仲間の解散に動くわけにはいかない。頼りにならぬ公儀の言うことになど、札差たちが耳を傾けるはずはないからだ。

そうである以上は、何としても加賀屋から消えた一万両の在りかを突き止め、取り戻さねばならなかった。

募る焦りが、水野に更なる苛烈《かれつ》な言葉を吐かせた。

「このまま埒が明かねば、そなたらには詰め腹を切らせるより他にあるまい」

「越前守様……」

遠山は頭を上げるや、水野を鋭く見返した。

それでも水野は動じない。無礼を咎《とが》めぬ代わりに、淡々と続けて言った。

「一万両もの金子《きんす》が消え失せるなどとは、幻術を用いようとも有り得まいぞ。これは間違いのう、儂の政に不満を抱きし札差どもが仕組みしことじゃ。如何《いか》なる手を用いようとも加賀屋を捕らえ、真相を吐かせい」

水野は遠山にとっては恩人に違いないが、余りにも無体に過ぎる物言いであった。

「な……」

思わず抗《あらが》いかけた遠山を筒井は片手で制し、謹厳な面持ちで言上する。

「もとより我らも重々承知の上でございまする。加賀屋庄兵衛が一万両を隠匿せし証拠を見出しましたる上は有無を言わせず拘引《こういん》し、事の次第を明らかにする所存《しょぞん》にございますれば、今暫《しばら》くの時を頂戴《ちょうだい》いたしたく存じます」

「永くは待てぬぞ」

皮膚の薄い額《ひたい》に青筋を浮かべ、水野は怒りに任せて言い募る。

「速やかに確証を摑《つか》み、加賀屋めを吊し上げるのじゃ。叶わぬとあればそなたら両名に責めを負わせる故、覚悟して事に当たれい」

完全に有無を言わせぬ口調である。

二人はかしこまったまま、厳命を奉じるより他になかった。

三

かくして老中首座より命が下ったとなれば、手詰まりの状況を打ち破り、一刻も早く一万両消失の謎を解く策を講じなくてはならなかった。

二人の奉行は膝を交え、深刻な面持ちで言葉を交わしていた。

「仁杉に探索を命じてはいかがでしょうか、伊賀守様」

「それはいかん」

遠山の提案に対し、筒井は重々しく首を振る。

「あれは御用繁多《はんた》な年番方じゃ。廻方の役目にまで駆り出すわけには参らぬ」

「やはり難《しゅ》肯《こう》しゅうございますか……」

筒井が首肯できぬのも無理はなかった。

町奉行所は、事件を探索するだけのために存在したわけではない。

先の大飢饉における御救米の調達のような、市中の民政面も任されている。

図らずも筒井が口にしたように、昨年末に幕政の実権を握った水野越前守が改革に着手してから南北の町奉行所、とりわけ上格の南町は民政面で忙しい。

町民の奢侈《しゃし》禁止。風俗粛正《しゅくせい》の徹底。

飢饉で荒廃した農村を建て直すことができずに逃散《ちょうさん》して江戸に居着き、浮浪の徒《と》と化した百姓たちの取り締まりにも、日々忙殺されていた。

まだ正式に改革の上意《じょうい》（将軍の命令）が発せられるには至っておらず、水野の独断専行に異を唱える者も幕閣内には少なくないため、一連の取り締まりはあくまで水面下にて行われている。

水野は南北の町奉行を動かすのみならず、子飼《こが》いの目付にも厳しい取り締まりを命じていた。

加賀屋の一件は、そんな矢先に出来したのだ。

何とか手を打たなくてはならないのはわかっているのだが、それがままならない。

「面目ありませんが、こいつぁ尋常な事件じゃありませんよ」

恥じ入りながらも、遠山は大振りの双眸を伏せようとはしなかった。

「賊《ぞく》の押し入った様子がまるで無《ね》えとなりゃ、これは加賀屋が店ぐるみで打った狂言ってことに違いありませんが、どうやって人目に立たずに一万両を持ち出したのかがまるで見当もつきません。そこんとこの手口を明らかにしねぇ限り、頭から加賀屋を疑ってかかるわけにも参りますまい」

「左様《さよう》……庄兵衛めを重ねて詰問《きつもん》するからには、どうあっても動かぬ手証《てしょう》を突き付けねばなるまいよ」

筒井は重々しくつぶやいた。

「一体、如何にして持ち出したのかのう……」

陸路でなければ、あるいは密かに船を手配して積み込み、蔵前の河岸から大川伝いに何処《いずこ》かへ運び去ったのではないかという可能性も考えて船《ふな》番所に照会したものの、事件の当夜に怪しい船が航行した形跡は認められなかった。

しかし、このまま迷宮入りにさせるわけにはいかない。

水野の強引な取り締まりに対する怨嗟《えんさ》の声は、今や江戸市中に満ち満ちている。

このたびの事件の被害者である加賀屋庄兵衛も、例外ではなかった。

老中首座の権威を嵩《かさ》に着て奢侈を厳しく取り締まり、同業者の共同体である株仲間まで事あらば解散させると再三脅しをかけてきていながら、いざ事件に巻き込まれたときには然《しか》るべき手も打てなかったとあっては、とても従えるものではない。

このままでは加賀屋のみならず、他の豪商たちも公儀に対する不信感を剝き出しにしてくることだろう。

そうなってしまっては、老中首座たる水野の面目は丸潰れだ。

のみならず筒井と遠山、南北の町奉行の首も揃って飛ばされかねない。

二人の奉行は、しばし押し黙ったままでいた。

「……伊賀守様」

ふと何かを思い出した様子で、遠山は問うてきた。

「たしか貴公のご配下に今一人、切れ者の与力がおりましたな」

「吟味《ぎんみ》方の宇野《うの》のことかの」

「左様にございます」

遠山は頷《うなず》きながら、懐かしそうに微笑《ほほえ》んだ。

「それがしが放蕩《ほうとう》しておりし頃には、随分と世話をかけました。あの鬼仏《おにぼとけ》と異名《いみよう》を取りし与力、今も息災《そくさい》なのでありましょう」

「うむ」

「あやつならば、こたびのような難事とて速やかに解決できるのではありませぬか」

「さもあろうがのう……」

勢い込んで提案する遠山に対し、筒井の歯切れはよくない。

「如何されたのです？」

遠山が怪訝《けげん》そうに問いかけるや、思わぬ答えが返ってきた。

「宇野はの、昨年の末に隠居したのじゃ」

「何と……」

「新大橋《しんおおはし》に隠宅を構えての。悠々自適というわけよ」

「それにしても隠居とは……少し早すぎましょうぞ」

「むろん、儂も再三慰留《いりゅう》はした。されど当人の意志が固くてのう」

「頑固者にございましたからなぁ」

嘆息《たんそく》する筒井を見て、遠山はそれ以上は食い下がることができなかった。

二人が話しているのは、南町奉行所で名裁きの評判を欲しいままにした吟味方与力のことである。

その名を、宇野幸内《こうない》という。

十九年前に筒井伊賀守が南町奉行所に着任したときには、すでに百戦錬磨の与力として辣腕《らつわん》を振るっていた人物だった。

当時の宇野幸内は、三十代を迎えたばかりの男盛り。

一方の遠山は二十五歳でまだ職にも就かず、金四郎《きんしろう》と名乗って無頼《ぶらい》の日々を送っていた頃である。

町中で顔を合わせては説教をされ、日頃から遠山がやらかしている悪さの埋め合わせをしろと言われて、捕物の手伝いをさせられたこともあった。

遠山はもともと、長崎奉行を務めた左衛門尉景晋《かげくに》の子である。

たとえ妾腹《しょうふく》とはいえ大身《たいしん》旗本の息子の首根っこを捕まえたり、手下《てか》扱いしたりするとは大胆に過ぎる振る舞いかもしれない。

宇野幸内とは、そういう性分の人物だったのだ。

悪に対しては鬼の形相で、そして弱き者には仏の顔で接することを旨《むね》としていたことから「鬼仏の幸内」なる異名を冠せられていたものである。

しかし、遠山は当時の事をまったく気にしていなかった。

複雑な家庭事情から放蕩《ほうとう》生活を送る遠山に、宇野は何ら特別扱いするわけでもなく、真正面から相対してくれた。

煙たく思ったこともあったが、同時に頼もしくもあり、今となっては一番に恃《たの》みにしたい男だったのだ。

あの切れ者与力が職を辞し、隠居してしまったとはまったくの初耳であった。

「勿体《もったい》なきことですなぁ」

遠山がつぶやく一言は、偽りなき本音に満ちていた。

「左様……」

筒井は重ねて溜め息を吐《つ》く。

「まだまだ役に立って欲しいところなのだが、この儂が直々に出向いても取り合ってはもらえぬ。実は昨日も足を運んだのじゃが、我関せずという風情での」

「なるほど、あの男らしいですな」

頷きながら遠山は、思わず苦笑を漏らす。

宇野幸内の頑固ぶりは、どうやら相変わらずであるらしい。

しかし、今はあの男の知恵がどうしても必要に思えた。

（かと言って、俺が出張《でば》るわけにはいくめぇ……）

口にしかけた言葉を呑み込んだとき、遠山の脳裏に、ふとひらめいたものがあった。

「されば伊賀守様、ここは搦《から》め手で口説《くど》いてみては如何でありましょう」

「どういうことじゃ」

「それがしの許に一人、あやつを口説き落とすに適任の若同心がおりまする」

遠山はやわらかな笑みを浮かべて言った。

見習いとして宿直《とのい》や奉行の供、その他さまざまな奉行所の雑用に従事する者のことを若同心、正しくは番方若同心という。

そのほとんどは、現職の同心の息子たちだった。

与力も同心も表向きは一代限りとされているが、実態としては親から子へ代々受け継がれている。

とはいえ、町奉行所勤めは何の経験もなしに通用するほど甘くはない。

そこで同心の家の息子は番方若同心となり、家督と同心株を譲り受ける前に、現場でみっちりと修業を積まされるのである。

中には株を買って同心の職を得た者もいるため、年齢も出自もさまざまだった。

「暴れ盛りの若い衆でございましてな、名を高田俊平《たかだしゅんぺい》と申します」

「たしか北町の高田といえば、臨時廻の古株だのう。病《やまい》を得て暮れに空《むな》しゅうなったはずだが、息子がおったとは知らなんだぞ」

「いえ。高田は後継ぎを儲けぬまま身罷《みまか》りました」

「されば、その者は養子か」

「元は商家の倅《せがれ》にございますが、父親が同心株を買《こ》うてやったそうです。店の後継ぎとするには粗暴に過ぎ、さりとて遊ばせておくわけにもいかず……というわけで」

「若い頃の貴公のように、か？」

「左様にございます」

「それは頼もしいな」

にやりと笑った遠山に、筒井は重ねて問う。

「されど、若輩《じゃくはい》なれば弁は立つまい」

「ご明察。口より先に手が出るというやつでしてな。御《ぎょ》することが叶わずに、上役どもは手を焼いておるようです」

遠山が苦笑するのを見守っていた筒井は、はっとした表情になった。その意図するところを、ようやく悟ったからである。

「そうか……。いや、なればこそよいのか」

筒井は確信を込めてつぶやいた。

「なまじ弁が立つ者では、宇野に疎《うと》んじられるが落ちよ。むしろ負けん気が強く、無器用な方がいい。聞けば、おぬしも若かりし頃には随分と気に入られていたそうではないか」

「お恥ずかしい限りです」

遠山は頭に手を遣り、懐かしげにつぶやいた。

「無頼を気取るんなら頭も精々磨けと、行き合うたびに説教されておりました。さもないと人を束ねることなんざできないし、生き残れやしねぇぞと……」

「げに口の悪き奴じゃのう。存ぜぬこととは申せ、相済まぬ」

「いや、いや」

遠山は手を打ち振りながら笑った。

「その甲斐《かい》あって、それがしは出世も叶うたのです。伊賀守様と席を同じゅうさせていただけるに至りましたのも、そもそもは宇野より呈《てい》されし苦言のおかげ。衷心《ちゅうしん》より謝しておる次第でございます」

「では、その若同心を宇野の許へ差し向けてくれるのだな」

「はい。そのつもりでございます」

期待を込めて問いかけてくる筒井の申し出を請け合い、遠山は笑みを浮かべた。

「されどお奉行、できますれば暫時《ざんじ》のご猶予をお願い申し上げまする」

「何故じゃ」

「目下、高田には別件を命じておりまして……」

遠山はそう言いながら、ふと縁側に目を向けた。

障子越しの西日が眩しい。

二人が語らっている間に、陽はだいぶ西に傾いていた。

「今時分は深川《ふかがわ》十万坪にて、一戦やらかしていることでありましょう」

「何、戦《いくさ》とな」

「土地の博徒《ばくと》どもが少々不穏な動きを見せておりまして……とても本所《ほんじょ》方の者共だけでは収めきれませぬ故、そやつに荒療治を命じた次第でございます」

「そうか……。しかし大事ないのか」

筒井が案じたのも無理はない。

かつて深川は江戸有数の岡場所《おかばしょ》だった。

しかし、吉原《よしわら》をも脅かすほどの隆盛を誇った深川も、今や衰退の一途を辿《たど》るばかりである。

すべては水野越前守忠邦の取り締まりのしわ寄せだった。

清廉潔白を旨とする水野は、市中の盛り場をことごとく目の敵《かたき》にしている。

岡場所はもとより芝居小屋や見世物小屋、寄席《よせき》までも、江戸の民を頽廃《たいはい》させる元凶と見なしたのだ。

今までは町奉行所の管理が行き届かずにいた川向こうの本所・深川一帯も見逃そうとはせず、岡場所潰しに躍起になっている。

それが逆効果であることに、水野は気づいていない。

そんな締め付けに対する怨嗟の声が日に日に募りつつある深川へ若同心を差し向け、博徒相手に一戦を交えさせるとは、つくづく無謀なことと言えよう。

だが、遠山は落ち着いたもので豪快に笑い飛ばした。

「なまじ手勢を繰り出しては大事になります故、そやつ一人に任せました。それがしが十も若ければ、自ら出張って決着をつけたいところですがな。ははは……」

「それは無謀に過ぎるぞ。命を落としては元も子もあるまい」

「何の、何の。あやつを追い込み得る者など、そうそうおりますまい。おそらく宇野めも、高田のことを気に入ってくれることでありましょう。いや、無鉄砲なあの男のことを、必ずや放ってはおけないはずでございます。伊賀守様、暫時お待ちくださされ」

危惧《きぐ》する筒井に対し、遠山は莞爾《かんじ》と笑ってみせるのだった。

四

十万坪は、深川の郊外に広がる埋め立て地だ。

見渡す限りは雑草の生い茂る原っぱであり、人の出入りはない。

多勢の博徒と渡り合うには格好の場所だった。

円陣を組んだ無頼漢《ぶらいかん》の頭数は、軽く二十を超えている。

あちこちの一家から掻き集められた、腕っこきの面々ばかりであった。

手に手に長脇差《ながわきざし》を引っ提げ、鉢巻きと白襷《しろたすき》で喧嘩《けんか》支度を整えている。

取り囲まれた同心は、ただ一人だった。

羽織《はおり》は着けていない。

伸びやかな長身にまとった黄八丈《きはちじょう》の着流しの裾をはしょり、左腰には使い込まれた黒鞘の定寸刀《じょうすんとう》を一振り、無造作な落とし差しにしている。

彫りの深い顔立ちの若者だった。

齢はまだ、二十歳を過ぎたばかりであろう。

小銀杏髷《こいちょうまげ》の鬢《びん》が、新緑の香りを孕《はら》んだ風にそよぐ。

青々とした髭の剃り跡と、産毛《うぶげ》の生えた頬が初々しい。

それでいて形のよい顎《あご》を昂然《こうぜん》と上げ、切れ長の双眸を不敵に光り輝かせている。同心は剝き出しにした脚を肩幅に開き、仁王立ちになっていた。いかにも怖い者知らずといった風情で、居並ぶ博徒を睥睨《へいげい》している。

「野郎……」

不敵な態度を見せつけられ、博徒たちは苛立っていた。

しかし、襲いかかろうにも隙がない。

刀の柄《つか》に両肘をもたせかけた不作法な格好をしていても、両の瞳で油断なく周囲を見回している。対する博徒たちも喧嘩慣れしていればこそ、この若者が虚勢を張っているわけではないと一目で判じていた。

さすがは北町奉行が差し向けた手練《てだれ》と言えよう。

しかし、引き下がるわけにはいかなかった。

深川の博徒一家は、どこも追いつめられている。

これまで奉行所の目も行き届かず、半ば野放し状態だったのが一変したのは昨年の末からのことだった。

堅物の水野越前守忠邦が老中首座に就任したとたんに岡場所は諸悪の元凶と決めつけられ、盛り場への締めつけも日に日に厳しさを増していた。

資金源である岡場所と盛り場がこのまま潰されてしまっては、飯の食い上げだ。

博徒たちの怒りが頂点に達しようとした矢先に、この若同心は大胆にも喧嘩を売りつけてきたのである。

公儀の手先である町奉行の意を汲んで、たった一人で乗り込んできたのだ。

怨みの眼差しを一身に集めていながら、若同心は余裕の笑みさえ浮かべている。

「どうしたんだい、お兄《あに》さんたち。このまんまじゃ、にらめっこしているだけで日が暮れちまうよ」

憎々しげな挑発の一言が、居並ぶ博徒の耳朶《じだ》を打つ。

「来ねえってんならよぉ、こっちから遠慮なしに行かせてもらうぜぇ」

うそぶくや、若同心は風を巻いて突進した。

一挙動で鞘を払い、抜き身の刀を引っ担《かつ》いで駆けてくる。

応じて博徒たちは、一斉に長脇差を抜き放った。

「野郎！」

「くたばりやがれ!!」

二人の博徒が肩を怒らせ、凶刃《きょうじん》を振り上げて飛び出した。間合いがたちまち詰まっていく。

刹那《せつな》、若同心の白刃《はくじん》が続けざまに唸《うな》りを上げるや、二人の博徒は吹っ飛ばされた。

「わっ!?」

「ぐえっ」

血煙は上がらない。こちらの定寸刀には刃が付いていないのだ。

刃部《じんぶ》を潰して斬れなくした刃引き刀は、町奉行所に備え付けの捕具《ほぐ》だった。

如何なる悪党が相手でも、火付盗賊改《ひつけとうぞくあらため》のように捕物の現場で斬って捨ててしまうというわけにはいかない。あくまで生かしたまま御用鞭《ごようべん》（逮捕）にし、裁きの場に送るのが奉行所同心の務めなのだ。

喧嘩出入りさながらの修羅場《しゅらば》であったが、これも捕物には違いない。

刃引きを振りかざした若同心は、そう自覚していた。

見習いの身なので、まだ自前の十手《じって》は支給されていない。奉行所に備え付けのものを借り出して来ようかとも考えたが、ここは得意の剣術でいこうと思い定め、刃引き一振りのみを選んだのである。

「まったく、歯ごたえがなさすぎるぜ」

煽《あお》り立てるかのように告げつつ、刀身を高々と諸手《もろて》上段に取る。

「二人や三人ずつじゃまどろっこしいや。さぁ、まとめてかかって来やがれ！」

若同心の名は高田俊平、二十一歳。

見習いでありながら、北町奉行所一の暴れ者だった。

剣の流儀は天然理心流《てんねんりしんりゅう》。遠江国《とおとうみ》出身の郷士・近藤内蔵之助長裕《こんどうくらのすけながひろ》が創始し、江戸市中よりも武州一円の農民層に多く弟子を持っているため、他流派からは田舎剣法と揶揄されがちな流派である。現在は三代宗家の近藤周助邦武《しゅうすけくにたけ》が牛込柳町《うしごめやなぎちょう》に試衛館《しえいかん》と称する道場を構えており、多摩郡《たまごおり》への出稽古《でげいこ》を専《もっぱ》らとしながらも、通ってくる数少ない門弟たちを教えていた。

稽古方法は太い木刀での立ち合い稽古――組太刀《くみだち》が主であり、竹刀《しない》と防具を用いた撃剣《げっけん》も取り入れられてはいたが、きついこと極まりない。

小洒落《こじゃれ》た江戸の若い武士たちから敬遠されるのも無理はなかったが、俊平はどこが気に入ったものか六歳になって早々に試衛館へ入門し、元服《げんぷく》後も通い続けてきた。

年が明けて見習い若同心となってからは足が遠のいていたが、自宅での素振りは一日も欠かしてはいない。

素早くも力強い俊平の打ち込みは、日々の鍛錬の成果なのだ。

負けじと殺到してくる無頼の群れに応じて、俊平は刃引きを打ち下ろした。

突いてくる長脇差をしたたかに叩き落とし、前蹴りを浴びせる。

背後から迫った敵に向き直るや、ぐわっと頭突きを喰らわせた。

博徒たち顔負けの喧嘩巧者《こうじゃ》ぶりである。

乱戦に突入するや、徒手空拳《としゅくうけん》で対手を薙《な》ぎ倒している。刃引きは敵の長脇差を払うのに用いるのみで、最初に二人を倒した後は打ち込もうとしなかった。

刃部が潰してあるとはいえ、本気で打ち込めば骨まで砕いてしまう。当たりどころが悪ければ、そのままお陀仏《だぶつ》だ。

派手に暴れ回っているようでいて、俊平は手加減することも忘れてはいなかった。

剣術の諸流派には、柔術を加味した組み討ち――刀を併用した格闘術が密かに伝承されている。高田俊平は十五年来の高弟として、宗家の近藤周助から天然理心流に伝わる数々の裏技を直伝されていた。

「やっ！」

鋭い気合いを発しつつ、俊平は正拳突きを前頭部にぶち込む。

そして、昏倒《こんとう》した敵をひらりと飛び越え、迫る新手の関節を極《き》めて投げ飛ばす。

二十余りの無頼漢が残らず打ち倒されるまで、さほどの刻《とき》はかからなかった。

しかし、俊平は息ひとつ乱してはいない。

「いいかお前ら！　今度騒ぎを起こそうとしやがったら、北町の高田様が承知しねぇぞ!!」

刃引きを右肩に引っ担ぎ、荒くれどもに向かって威勢よく啖呵《たんか》を切る。

答える者は誰もいなかった。半数は気を失ったままであり、残る面々も言い返す力など残ってはいないのだ。

「あーあ、いい汗かいたぜぇ」

うそぶきながら納刀し、俊平は踵《きびす》を返す。

と、気を失った振りをしていた博徒が、突然斬りかかってきた。

しかし、俊平は慌てない。刃引きを鞘に納めたまま向き直り、ぐんと柄頭を突き上げる。

長脇差を振りかぶり、がら空きになっていた右脇に当て身を喰らわせたのだ。

よろめく博徒の手首を摑んで引き倒すや、俊平は右側面へ踏み込む。

「とうっ!!」

気合いの声も高らかに、振り上げた柄と鍔《つば》が後頭部へ打ち下ろされた。

それは天然理心流『鍔の事』の一手「指挫《ゆびくじき》」の変型技だった。

本来は擦れ違いざまに抜き打ちを仕掛けようとした敵に相対《あいたい》し、刀を鞘走らせて前に打ち倒す技である。

技の形が身についていればこそ、状況に合わせての応用も利いたのだ。

「半刻もすりゃ気がつくはずだよ。このまんま寝かせておきねぇ」

悶絶した博徒を草むらに横たえ、俊平は意気揚々と去ってゆく。

後を追うことができる者は、もはや誰もいなかった。

五

呉服橋御門内・北町奉行所。

南町に比べれば小体《こてい》な構えだが、物見櫓《ものみやぐら》付きの長屋門には法を司る砦としての威厳が備わっている。

日はだいぶ西に傾いていた。

西日に頰を照らされつつ、高田俊平は飄然《ひょうぜん》と奉行所の門を潜っていく。

着流しの裾を直し、裾を巻いた黒羽織《くろばおり》を重ねている。途中で湯屋《ゆうや》にでも寄って汗を流してきたらしく、産毛の生えた頰が上気していた。

「た、高田っ。大事ないのか⁉」

玄関脇の詰所《つめしょ》から、先輩同心が慌てて飛び出してきた。

「思うていたほどには、歯ごたえのない連中ばかりでございましたよ。これで当分、奴らも御上に歯向かうような真似《まね》には及びますまい」

脱いだ雪駄《せった》を揃えながら、俊平はさらりと答える。

詰所に入ると、中にいた面々が一斉に顔を上げた。

「高田俊平、ただいま戻りました！」

道場仕込みの、気合いの入った発声だった。

「た、大儀であった」

労う支配役与力の声が上ずっている。

すでに奉行所には先触れの知らせが入っており、皆は精強の博徒たちを相手取っての荒療治が功を奏《そう》したことを承知していた。高田俊平はたった一人で、奉行より直々に命じられた大事をやってのけたのだ。

だが、当の俊平は涼しい顔をしていた。

詰所の隅にある共用の刀架《とうか》から、自前の大小を取る。借り物の刃引きは先程、玄関に控えていた奉行所付きの小者が片づけてくれていた。

角帯の一番内側に小刀を帯び、鞘ぐるみの大刀を右手に提げる。

背筋は形よく伸びており、足を引きずってもいない。

先程の乱闘で体を傷めた様子などは、微塵《みじん》も感じられなかった。

「お奉行へ報告して参ります」

一礼して席を外す俊平に、先輩同心の面々は畏怖《いふ》の眼差しを向けていた。

並の者であれば落命しかねないお役目を仰《おお》せつけられたというのに、そこらへ散歩に出かけてきたとでもいった風情で、飄々と戻ってきたのだ。

つくづく、常人離れした強靱《きょうじん》ぶりと言えよう。

元を正せば本郷《ほんごう》の薬種問屋の倅《せがれ》であり、北町同心の高田家から株を譲り受けて奉行所勤めをするようになった身の俊平だが、表立って蔑《さげす》む者などは皆無《かいむ》だった。

下手に文句を付けてくる者がいれば即座に睨《にら》み返し、二の句を継がせない。

ただ反抗するばかりでは厄介者《やっかいもの》扱いされそうなものだが、見習いの若同心として任される職務は何であれ素早くこなし、文句を付ける余地を与えなかった。

田舎剣法の門人めと馬鹿にした者は八丁堀の道場でこっぴどく叩き伏せ、逆らえぬように力で捩《ね》じ伏せる。そんな暴れん坊ぶりの評判を聞いていればこそ、新任奉行の遠山は博徒を懲《こ》らしめる役目を命じたのだ。

何から何まで、型破りな若者である。

かねてより懇意《こんい》にしていた北町同心の家の当主が流行《はや》り病《やまい》で亡くなり、遺族が株を買って欲しいなどと泣きついてこなければ、父親から暖簾《のれん》分けをしてもらい、小なりといえども薬種問屋の主になっていたことだろう。

あるいは、三十俵二人扶持《ににんぶち》の同心職よりも恵まれた立場だったのかもしれない。

しかし、俊平は己が置かれた環境に満足していた。

昔から町同心に憧れていたわけではないし、捕物には何の興味もなかった。

ただ、自分が送ることになるであろう商人としての平穏な日常よりは、ずっと面白いと思えたのである。

危険と隣り合わせの捕物御用に就き、気を張って日々を生きる。

それは豪胆《ごうたん》に生まれついた若者にとって、望ましい立場だったと言えよう。

今、俊平は充実した日々を過ごしている。

やり甲斐があると心から思っていればこそ、労を惜しまずに立ち働き、今日のように一命を賭《と》することも辞さないのだ。

俊平は奉行所が好きだった。

なればこそ、自分の働きで守っていきたい。

見習いの身ではあったが、誰よりも強い気概を持っていたのである。

北町でも南町と同様に、奉行の住まう役宅は与力・同心が詰める奉行所と渡り廊下で繋がっている。

俊平は廊下を踏みしめて遠山の用部屋の前に座すと、外から声をかけた。

「高田俊平、参りました」

「入んな」

俊平が障子を開けると、遠山はすぐさま脇息を背後へ退けて膝を揃えた。

目下の者を前にしても折り目正しく応対するのが、武家の作法である。

遠山は口調こそ無頼漢さながらの伝法《でんぽう》なものだが、立ち居振る舞いは大身旗本家の当主らしく錬《ね》れていた。

俊平が下座に着くのを待って、遠山は労いの言葉をかけた。

「本所方の連中から報告は受けてるぜ。まずは無事で何よりだったなぁ」

「恐れ入りまする」

「足もちゃんと付いてるよな？」

「は」

俊平の振る舞いは慇懃そのものである。自分が破格の待遇を受けていることを、十二分に承知しているからだ。

見習い同心の身で面と向かって奉行と話すことなど、本来ならば有り得まい。遠山は、よほど俊平を気に入っているらしかった。

「まぁ、お前さんなら返り討ちになんぞ遭《あ》うことはあるめぇと思っていたよ。これで深川の博徒どもも大人しくなるこったろう」

「御意《ぎょい》」

俊平は深々と平伏《へいふく》する。

と、頭上から思いがけない一声が聞こえてきた。

「そこでお前さんを見込んで、今一つ頼みてぇことがあるんだがな。面《おもて》を上げな」

「何でございましょうか、お奉行」

「すまねぇが、ひとつ年寄りの相手をしてやってもらいてぇのさ」

「年寄り……」

「ま、俺とさほど変わらねぇ齢の奴なんだけどな」

きょとんとする俊平に、遠山は苦笑まじりに告げた。

遠山にとっては親しい間柄かもしれないが、命じられた俊平にしてみればまったく未知の相手である。

「恐れながら、如何なる御仁《ごじん》でございましょうか」

「宇野幸内ってんだがなぁ、新大橋に隠居所を構えている風流な男よ。元は、南町の吟味方与力さね」

「み、南の！」

遠山がさらりと告げたとたん、俊平は思わず叫んでいた。

頬が強張っているのが、自分でもよく分かる。

共に法を司る同士とはいえ、北町奉行所は南町よりも格下に甘んじている。ために双方の与力と同心は仲が悪く、事件を巡って張り合うのが常だった。

それなのに、何故に南の与力、それも隠居の面倒を看《み》なくてはならないと言うのだろうか。

「不承知かい」

遠山は、じろりと俊平を見返した。

先程までとは一転した、厳しい顔つきになっている。

「いえ、滅相《めっそう》もございません」

俊平は慌てて頭を下げた。

もとより、奉行に抗《あらが》う権利などはない。

しかし、遠山がどのような存念《ぞんねん》なのかだけは、たしかめておかねばならなかった。

「……恐れながら、今ひとつだけお伺い申し上げまする」

「言ってみねぇ」

「その宇野様と拙者《せっしゃ》は、どのような話をして参ればよろしいのですか」

「それそれ」

遠山は己が額に手を遣った。

「どうあっても、お前さんに承知させようと気が急いていたもんでなぁ。話の後先が逆になっちまった。すまねぇな」

遠山が性急になっていたのも無理はあるまい。

一万両消失の謎は南北の町奉行にとって、何としても解き明かさなくてはならない一大事である。

一刻も早く事件を解決するためにも、元敏腕与力の宇野幸内を口説き落とす必要があった。

だが、当の幸内が、かつて仕えた南町奉行からの招聘《しょうへい》にも応じないほどの頑固者となれば、尋常一様の使者を差し向けたところで攻略など叶わぬことだろう。

しかし、頑固一徹《いってつ》な者ほど相手をひとたび気に入れば、とことんまで世話を焼いてくれるものである。

昔の遠山自身にどこか似ている、この一本気で熱血漢の若者を差し向ければ、あるいは偏屈な幸内も面白がり、重い腰を上げてくれるのではないだろうか。

かかる期待の下に、遠山は高田俊平に目を付けたのであった。

「事の起こりは五日前よ……」

遠山は加賀屋の一件について、俊平に詳しく話して聞かせた。

加賀屋で起こった怪事件は、まだ一部の者しか知らない極秘事項だったのである。

遠山からすべてを知らされた俊平は、目を剝いて訊《たず》ねた。

「い、一万両が消え失せたと申されるのですか!!」

「有り得ねぇこったが、なぁ……」

驚愕する俊平に、遠山は続けて言う。

「事は南の筒井伊賀守様のお預かりになっているんだけどよ、もう五日も経《た》つってえのに何の糸口も見つかりゃしねぇ。だからさ、お前さんにはご苦労なこったが、その宇野って男に知恵を借りてもらいてぇのよ」

「……」

落ち着きを取り戻した俊平は、俄《にわか》に不服そうな顔になった。

もとより、事件の解決を願う気持ちは充分すぎるほどである。

探索に就けと言われれば、幾らでも働いてみせる。

しかし、なぜ一介の隠居に、それも事件を巡って張り合う間柄であるはずの南町の元与力に頼らなくてはならないのか。明らかにそう言いたげな面持ちであった。

されど、奉行の命令となれば従わぬわけにはいかない。

「ご苦労だが、さっそくに出向いてもらおうか」

遠山は手短に幸内が住む屋敷への道順を説明すると、当面は奉行所に出て来なくてもよいと告げた。

宇野幸内なる元与力に張り付いて教えを乞《こ》い、一万両消失の謎を解き明かすことに専念しろというのである。

「ひとつ気を張ってみてくんな」

「承知仕りました」

改めて一礼し、俊平は膝行《しっこう》して退いていく。

敬愛する奉行の危機を知らぬ若者は、どうして自分が隠居した与力の知恵を借りなくてはならないのかと、胸の内で解《げ》せぬ思いを禁じ得ずにいた。

六

奉行所を出た高田俊平は一路、西へ向かった。

神田《かんだ》の雑踏を抜けて浜町河岸《はまちょうがし》へ出た俊平は、黙然と歩を進めていく。

吹きすぎる風が、汗ばんだ頰に心地よい。

橋を渡っていた俊平の横顔が、ふっと緩んだ。

いつまでも暗い気分でいてはいけない。自然にそう思えてくる、麗《うら》らかな春の午後であった。

たゆとう川面すれすれに、鷗《かもめ》が滑空していく。

高い橋台の下を流れる大川は、西日にきらきらと輝いていた。

新大橋である。

千住《せんじゅ》大橋、両国《りょうごく》橋に次ぐ大川三番目の橋として、元禄《げんろく》六年（一六九三）に竣工《しゅんこう》された新大橋は全長百八間（約一九四・四メートル）。後世の鉄橋よりも二町（約二百十八メートル）ほど下流に架けられていた。

対岸はその昔、俳聖の松尾芭蕉《まつおばしょう》が庵を編んでいた閑静な地だ。

「風流なとこに住んでいなさるもんだね……」

ひとりごちつつ、俊平は新大橋を渡りきる。

やがて瀟洒《しょうしゃ》な二階建ての一軒家が見えてきた。

遠山の話によると、宇野幸内は独り身だという。

早くに妻女を亡くしてからは後添《のちぞ》えも貰わず、子もいないとのことだった。

八丁堀の組屋敷を出た今は、この隠居所が唯一の拠《よ》り所なのである。

それにしても遠山が知恵を借りたいというほどの男とは、一体どのような人物なのだろうか。

(南町の鬼仏か……まずは、ご面相《めんそう》を拝んでみなくっちゃな)

俊平は頭を振り振り、生け垣の向こうを眺めやった。

南向きの小さな庭には、芭蕉ならぬ一本桜が植えられている。

自宅で花見を楽しむため、同じことをする風流人は多い。根つきで買い求めたものらしく、枝振りはしっかりとしていた。

すでに花は散り、青葉が陽光に煌《きら》めいている。

植え込みは躑躅《つつじ》だった。

まるく刈り込まれた葉の間から、薄桃色の花が覗けて見える。

たしかに風流な隠居所である。男やもめの独り暮らしとは思えぬほどに洗練された住まいであった。

簡素な冠木《かぶき》門に、閂《かんぬき》は掛けられていない。

門前には打ち水がされており、踏み石がしっとりと湿りを帯びていた。

門を潜ろうとした俊平は、ふと足を止めた。

一人の女中が門脇にしゃがみ込み、雑草を抜いている。

お仕着せと思《おぼ》しき木綿物《もめんもの》の袷《あわせ》を装い、手拭《てぬぐ》いを姉《あね》さんかぶりにしている。

手足はすんなりと長く、小股が切れ上がっている。腰巻きが覗けて見えぬように裾を整えてしゃがみ、白い指先が泥土で汚れるのも構わずに、一心に勤《いそ》しんでいた。

こちらから声をかけるより先に、女中は俊平に気づいたようだった。

「いらっしゃいませ」

腰を上げた女中は、すっと手拭いを取る。

まだ年若い娘だった。齢は十七、八歳といったところだろうか。

まるみを帯びた顔の中で、つんと上を向いた小ぶりな鼻が愛らしい。

純朴そうな顔立ちに似ず、胸と腰の張りは豊かである。見るからに健康な美しさを備えた娘であった。

憐《れん》、十八歳。

この隠居所に奉公する女中である。

「お奉行所の方でいらっしゃいますか？」

黒目がちの双眸を向けながら、憐は慎《つつ》ましやかな口調で問うてくる。

小銀杏髷に黄八丈、巻羽織という独特の装いを見れば町奉行所の同心であることは一目瞭然のはずだが、身なりだけで安易に信用せず、念を押してきたのだ。

「さ、左様」

答える俊平の態度はぎこちない。いつもは強気な若者らしからぬ反応だった。

「北町の番方若同心、高田俊平と申す。鬼仏……いや、宇野のご隠居にお会いしたいのだが」

「お話は承《うけたまわ》っております。しばしお待ちを」

一礼した憐は、先に立って歩き出す。

存外《ぞんがい》に上背のある娘だった。

俊平の視線は、ちょうど彼女のうなじを見下ろす形となった。

産毛の手入れも行き届いた、首筋の白さが瑞々《みずみず》しい。

くせのない豊かな髪もきれいに梳《くしけず》られており、雲脂《ふけ》ひとつ見当たらない。

自分で結っていると思しき島田髷《しまだまげ》は形こそ少々不格好だったが、控えめな鬢付《びんづ》け油の香りが好ましい。

（鄙《ひな》には稀《まれ》とは、こういう娘のことを言うんだろうなぁ）

俊平の頬が、心なしか赤らんでいる。

怖い物知らずの若同心も、女人《にょにん》にはまったく初心《うぶ》なのであった。

それにしても、羨ましい限りである。

斯様《かよう》な佳人《かじん》を召し使っている宇野幸内とは、果してどのような男なのであろうか。

隠居所は小体《こてい》な構えだった。

一階は台所と湯殿、囲炉裏《いろり》が切られた板の間の他には、六畳の畳《たたみ》の間がひとつきりである。住み込み奉公の憐は、二階に寝部屋を与えられていた。

六畳間では壮年の男が畳に腹這《はらば》いになり、読本《よみほん》の頁をめくっている。

完結もいよいよ間近になってきた曲亭馬琴《きょくていばきん》『南総里見八犬伝《なんそうさとみはっけんでん》』の最新刊である。

頁に折り目は見当たらず、手垢《てあか》染みてもいない。

どうやら貸本屋のものではなく、自ら買い揃えているらしい。

他にも同じ馬琴作の『椿説弓張月《ちんせつゆみはりづき》』や『傾城水滸伝《けいせいすいこでん》』、上田秋成《うえだあきなり》の『雨月物語《うげつものがたり》』に山東京伝《さんとうきょうでん》・京山《きょうざん》兄弟の読本・合巻《ごうかん》などが文机《ふづくえ》の脇に積み重ねてあった。

こたびの改革で風紀を乱す元凶と睨まれつつある、柳亭種彦《りゅうていたねひこ》の『偽紫田舎源氏《にせむらさきいなかげんじ》』や為永春水《ためながしゅんすい》の『春色梅児誉美《しゅんしょくうめごよみ》』も混じっている。

芭蕉ゆかりの地に居を構え、俳諧《はいかい》でも詠《よ》むことを趣味にしているかと思いきや、存外に世俗じみた隠居ぶりである。

だが、隠居と呼ぶにはまだ若い。

齢は恐らく、やっと五十代に差しかかったばかりであろう。

髪は黒々としており、きちんと月代《さかやき》を剃った額にも、縞縮緬《しまちりめん》の袷の襟元《えりもと》から覗いた首筋にも、まだ皺《しわ》やたるみは見当たらない。

鼻梁も高く、優美な細面であり、役者絵を思わせる端整な顔立ちだった。

身の丈《たけ》は、およそ五尺五寸（約一六五センチメートル）。この世代としては長身の部類である。

自堕落《じだらく》に寝転がってはいても腰が自然に伸びており、背中も丸まっていない。

細身ながらも体は能《よ》く鍛えられており、腕も足も肉が落ちていなかった。

屈託とは無縁なのんびりした様子で、男は『八犬伝』を読み耽《ふけ》っている。

宇野幸内、五十二歳。

青葉庵《あおばあん》と自ら名付けた隠居所で暮らしている、南町奉行所の元吟味方与力であった。

「ううん、馬琴とこの嫁ってのはなかなか筆が立つもんだねぇ……」

本を読み進めながら、幸内は感心した様子でつぶやいている。

当年七十四歳になる馬琴がここ数年で視力をすっかり失ってしまい、亡き息子の嫁である土岐村路《ときむらみち》に口述筆記をさせているというのは、市中でも専らの噂だった。

誰もが皆、幸内と同様の気楽な隠居暮らしを決め込めるわけではない。馬琴のように高齢の身になりながらも一家の生計を支えるため、働き続けなくてはならない者がほとんどであったと言えよう。

「次も楽しみにしていますよ、と……」

幸内は読み終えた巻を持って立ち上がり、前の巻と順番を揃えた上で、ていねいな手付きで重ね置いた。

雑多な部屋と見えていても、山と集めた本を粗末に扱ってはいない。

畳の上に板を敷き、風通しをよくして紙魚《しみ》などが湧かぬようにしていた。

文机の他には、調度品らしいものは置かれていない。

小さな床の間には水墨画の掛け軸と野花の一輪差しが飾られているのみで、刀架も見当たらない。ふだん差しと思しき喰出鐔《はみだしつば》の小脇差《こわきざし》が一振り、素焼きの花瓶の傍らに無造作に放り出されているだけだった。

本を片づけた幸内は大きく伸びをし、板の間に出た。

喉が渇けば囲炉裏端に立っていき、いつも鉄瓶《てつびん》に満たしてある白湯《さゆ》を手ずから茶碗に注いで飲む。

隠居部屋にした六畳間には湯茶も煙草盆《たばこぼん》も持ち込まず、三度の食事と間食はすべて隣の板の間で済ませるように心がけていた。

鉄瓶を取ろうとすると、表の障子が軽やかな音とともに開いた。

憐に案内されて、高田俊平が入ってきたのだ。

「よく来たなぁ、若いの」

委細は承知といった顔で、幸内は片頬に笑みを浮かべた。

伝法な口調は、町奉行所の役人に特有のものである。

とは言え、誰もが無頼漢めいた喋り方をしていたわけではない。事件の探索に専従するため町民と接する機会が多い、一部の与力・同心に限ってのことだった。

とりわけ与力は相撲取りと町火消とともども『江戸の三男《さんおとこ》』と呼ばれるほど、市中で人気を集めている。

たしかに、縞縮緬をさらりと着こなす幸内は、なかなかの男ぶりだ。

縞縮緬――いわゆる御召《おめし》は公儀の奢侈禁制にも触れるため、そのままの装いで出歩くことはないのだろうが、高価な一着を部屋着にするとは何とも豪気なものである。

「そこで、いつまで突っ立っていても埒は明くめぇよ。早く入んな」

「されば、失礼いたしまする」

俊平は袂《たもと》から手拭いを取り出し、ぎこちなく裾を払う。

「す、濯《すす》ぎは結構にござる」

盥《たらい》に水を満たしてきた憐に対し、断りを入れる口調もたどたどしい。

憐は強《し》いて勧めずに盥を片づけると、佩刀《はいとう》を預かって脇へ退いた。

「さ」

板の間に上がった俊平を囲炉裏端に座らせ、幸内も腰を下ろす。

「白湯しかないんだが、構わねえかい？」

「な、何卒《なにとぞ》お気遣いなく」

「俺も飲むんだ。気にしなさんな」

幸内はそう言うと、鉄瓶の湯冷ましを茶碗に注ぎ分けた。

「金四郎《きんしろう》さんから話は聞いてるよ。お前さんが、北町で有名な暴れん坊かい？」

「は……」

「結構、結構。若え者《わけもん》は、そうでなくっちゃいけねぇよ」

白湯を勧めながら、幸内は親しげに微笑みかける。かつて悪に対しては鬼の如くに厳しく罪を裁いた与力だったとは思えぬほど、柔和な物腰だった。

それにしても、奉行の遠山を昔の通り名で呼ぶとは大したものである。

そう言えるだけの親しい間柄ということは、やはり只の隠居ではない。

「お、恐れ入ります」

俊平が茶碗を前に平伏したとたん、変わらぬ口調で幸内は問うてきた。

「ところでお前さん、八犬伝は読んでいるかえ」

「は？」

「曲亭馬琴が、もう二十五年がとこ書き続けていなさる読本さね。まさか、知らないってことはあるめぇ」

「たしか奉行所内の書庫にございますが、まだ目を通すに及んではおりませぬ」

俊平は戸惑いながら答えた。

本を読むことには幼い頃からまるで興味がなく、長《ちょう》じてからも絵草紙《えぞうし》の類《たぐい》さえ手に取ったことはなかったからである。

寝て起きて思い切り体を動かし、その分だけ飯をたらふく食って寝るだけの日々を過ごしながら、俊平は何の疑問も覚えないまま成長した。

手習いと算盤《そろばん》だけは父親に強いられて学び覚えたが、楽しみとして本を開いたことなどは一度もない。何か必要が生じぬ限り、瓦版《かわらばん》を買い求めることもしなかった。

「そいつぁ、お取り締まりのための資料だろうが」

果たして、幸内は苦笑を浮かべた。

背中越しに見える六畳間には、奉行所の書庫顔負けの蔵書がひしめいている。

「手前《てめえ》で読みたいと思って貸本屋から借りてみたり、書肆《しょし》で買ったりしたことはないのかい？」

「い、いえ……」

「いけねぇなあ。町方の御用を務めようってんなら、もうちっと世の中の流行《はや》りってもんを知っておかなくちゃいかんぜ。それに、食って寝て動くばかりじゃあ、糞小便をひり出すために生きてるようなもんだ。人間様なら、もっと頭を使いねぇ」

「あの……読本などが、頭の役に立つのでしょうか」

「もちろんさね」

幸内は間髪入れずに即答した。

「読本が何のためにもならねぇ子ども騙しの出来だったら、誰も見向きもするはずがあるめえ。俺ぁ元服する前からずいぶん手を伸ばしてきたが、読本にゃ考えさせられることがいろいろと書いてあるぜ。そうでなけりゃ御上だって、あれほど躍起になって取り締まったりはしねえよ」

「はぁ」

「頭ってのは生きてるうちに使うもんだぜ、若いの」

「……」

茶碗を口元に運びかけた格好のまま、俊平は絶句した。

褒《ほ》められたかと思いきや、いつの間にか思い切りこき下ろされている。

宇野幸内とは、何とも扱いにくい手合いのようだった。

困惑しながらも愛想笑いを浮かべる俊平の耳に、可憐な声が聞こえてきた。

「失礼いたしまする」

憐が夏蜜柑《なつみかん》を剝いて、持ってきてくれたのだ。

分厚い皮ばかりか中の薄皮までていねいに剝かれ、小皿に取り分けられている。

囲炉裏端に爽やかな芳香《ほうこう》が匂い立った。

その香りと、給仕をしてくれる憐の腕の白さにどぎまぎしながらも、俊平は努めて冷静に話を始めた。

黒文字《くろもじ》の楊枝《ようじ》が添えられた夏蜜柑には形ばかり口を付けただけで、五日前に事件が起きてからの経緯《いきさつ》を真摯《しんし》に、余さず語り明かしたのである。

南北の奉行所は瓦版屋に釘を刺し、事件について書き立てることを禁じている。

幸内も、一万両が消失したことは初めて耳にしたらしい。遠山は俊平を隠居所へ差し向けることのみを伝え、子細は伏せたままでいたのだ。

「なるほどねぇ……」

すべてを聞き終えると、幸内は吐息を漏らした。

こちらはすでにきれいに夏蜜柑を食べ終え、懐紙《かいし》で口元をぬぐっている。

畳んだ懐紙を憐は心得た様子で受け取り、そっと手のひらに包み込む。常日頃からそうしているのであろう、自然と行き届いた所作《しょさ》だった。

幸内は悠然と足を組み替え、俊平に問うてきた。

「加賀屋といえば大店《おおだな》だ。このまま片が付かなかったら、伊賀守様も面目は丸潰れになるだろうな」

「左様であればこそ、一刻も早く何とかいたしたいのでございます」

「まぁ、お前さんの立場としちゃそうなんだろうがね」

幸内は目を細めると、ふっと苦笑した。

「それにしても商人《あきんど》のご機嫌取りをしなくちゃならねぇとは、まったくお奉行方も落ち目だなぁ……」

いきなり奉行が落ち目だとは、一体何を言い出すのか。

まだ年若い俊平は、ついに不快の念を隠せなくなっていた。

「失礼ながら、それはお奉行に対して、ご無礼にございましょう」

「そうかね」

気色《けしき》ばむ俊平に対し、幸内は何ら気にすることもなく答える。

「俺ぁ今は隠居の身だよ。昔お仕えした伊賀守様はもちろんだが、お前んとこの金四郎さんにだって何の義理もありゃしねぇんだ」

「……」

俊平は絶句した。

余りにも無遠慮な物言いである。

奉行所勤めに誇りを持つ若者にとって、許し難い言い種《ぐさ》の数々だった。

俊平は手にした黒文字を皿に置き、幸内を睨みつけた。

「怒ったのかい、若いの」

動じることなく、幸内は視線を返す。

若者の顔が怒りで青黒くなっていく様を、落ち着いて眺めやっていた。

「とにかく、今日のとこはひとまず帰りな。とさかにそう血が上ってちゃ、まともに話もできるめぇ」

「おきやがれっ」

俊平は思わず声を荒らげた。

先程から言いたい放題にされてきたことへの怒りが、一気に爆発したのだ。

「あんたなんかに頼ってたまるもんかい！　俺ぁ一人ででも、この件に決着を付けてやるぜ!!」

直情型の俊平が後先を考えずに叩きつけた言葉に、幸内は臆することもなく、静かに視線を投げかけてくる。

「いい度胸だ」

怒るのかと思いきや、幸内はにっと片頬を緩めて見せた。

「しかしなぁ、若いの。そうかっかしてばかりじゃあ、見える物《もん》も見えなくなるぜ。

それに、年嵩《としかさ》の者から知恵を借りるってのは、別に恥ずかしいこっちゃない」

幸内の投げかけた言葉に耳を貸そうともせず、俊平は無言のまま、席を蹴って立ち上がった。

その背中越しに、穏やかな一声が聞こえてきた。

「俺に頼るのが嫌だってんなら、南町の仁杉を訪ねてみな」

「え……」

「間違っても人様に憎まれ口なんぞ叩きゃしねぇ奴さ。昔なじみの宇野から言われて来たって頼めば、よっく話を聞いてくれることだろうよ」

幸内の意外な申し出に、俊平は思わず後ろを振り返った。

だが、そのときすでに幸内は囲炉裏端を離れ、奥の隠居部屋へ戻っていくところだった。

「どうぞ」

困惑した面持ちの俊平に、憐はそっと佩刀を差し出す。預けたときと同様、武家の作法通りに袖でくるむようにして捧げ持っていた。

「か、忝《かたじけ》ない」

「またお出《い》でなされませ」

恥ずかしげに刀を受け取る俊平に、憐は淑《しと》やかに微笑みかける。

何も答えず、俊平は目礼して背を向けた。

言葉にすることはできなかったが、憐の優しい笑顔に少し救われた想いで隠居所を後にしたのであった。

七

小半刻後、高田俊平は数寄屋橋御門内の南町奉行所に来ていた。

すでに日は暮れている。

夕陽に煌めく御濠を眺めやりつつ橋を渡り、高田俊平は門前に立った。

（入りにくいなぁ……）

駆け出しの若同心の身としては、実に敷居が高い場所である。

それにしても、宇野幸内は意外な名前を出してきたものだ。

仁杉五郎左衛門は南町にその人ありと知られた人物で、与力の中でも古参の者しか就けない年番方の要職を務めている。

こたびの事件の探索にこそ関与していないものの、南北の町奉行所で随一の切れ者ということは、新入りの俊平もかねてより承知していた。

その切れ者与力が、自分の話を聞いてくれるとは到底考えられない。

また、普段から事件の解決を巡って張り合っている南町の面々が、北町の若同心風《ふ》情《ぜい》をまともに相手にしてくれるとも思えなかった。

ところが、門番所に用件を申し出たとたん、俊平は下にも置かぬ応対を受けることになった。

「う、宇野様のお声掛かりとな？」

「は、はい」

「それは失礼いたした。ささ、こちらへ通られよ」

俊平は低姿勢となった同心に案内され、玄関脇の小部屋へ招じ入れられた。

「すぐに参られる故な、しばし待たれい」

いかつい同心は手ずから茶を淹《い》れ、貰い物の余りで相済まぬがと言って、干《ひ》菓子《がし》まで出してくれた。

本来ならば、一介の若同心がここまで丁重に扱ってもらえるはずはない。

宇野幸内の名前を出さなければ、御用繁多だの何だのと言われて門前払いを喰わされていても不思議ではなかった。

どうやら、幸内という男は、ただの読本好きの楽隠居ではないらしい。

鬼仏と異名を取っていたというのも、単なる噂だけではなさそうだった。

（あのご隠居、そんなに大物だったのか……）

俊平は熱い茶を啜《すす》り、菓子を口に運ぶ。

ほんのりと甘い瓦煎餅《かわらせんべい》には、梅と鶯《うぐいす》が描かれていた。

焼き鏝《ごて》と砂糖蜜を使って四季折々の花鳥風月の絵柄を添える工夫は、芝《しば》の魚藍坂《ぎょらんざか》に店を構える『三河屋《みかわや》』だけのものである。北町の同心部屋ではついぞお目にかかったことのない、風雅な逸品《いっぴん》であった。

昼間に湯屋の二階で稲荷《いなり》寿司をつまんだだけなので、腹が空いている。

隠居所で供された蜜柑を食べ損ねた俊平の胃に、瓦煎餅のほのかな甘味が心地よく染み込んでいく。

謹《つつし》んで瓦煎餅を囓《かじ》り終えた頃、おもむろに部屋の障子が開いた。

「待たせたの」

壮年の与力が、見るからに温厚そうな笑顔を浮かべて立っていた。

「お忙しい折に失礼仕ります」

俊平はすかさず姿勢を正し、深々と平伏した。

「何の、何の」

鷹揚に告げつつ、与力――仁杉五郎左衛門は袴の裾を払って席に着く。

「聞けば、宇野に会《お》うて参ったそうだの」

「は……」

「懐かしいのう」

歯切れの悪い俊平の態度をさらりと受け流し、仁杉は懐かしそうにつぶやいた。

「あやつ、息災にしておるか」

「ははっ。健啖《けんたん》にして、快活そのものであるようにお見受けいたしました」

「それは何よりじゃ」

俊平の複雑な胸中を知ってか知らずか、はっはと仁杉は笑った。

「次に訪ねた折には、ぜひとも伝えてくれ。同じ釜の飯を喰って参ったおぬしに早々と隠居されてしもうて、儂は張り合いがないとな」

「されば、仁杉様は……」

「若き頃より、お互いに切磋琢磨《せっさたくま》して参った仲よ」

今は最古参の与力として要職を務める仁杉だが、出仕し始めたのはまだ十代の頃のことだった。宇野幸内は、そんな若かりし頃からの盟友なのだ。

「左様でございましたか……」

「左様、左様」

仁杉は白い歯を見せて、にこりと微笑む。

見るからに楽しげな面持ちである。

宇野幸内のことを語るのが楽しくて仕様がない。そんな表情であった。

「それにしても、おぬしはついておるな」

戸惑う俊平をつくづくと見返しつつ、仁杉は言った。

「は？」

「宇野に就いて学ぶ折を得たとは、げに僥倖《ぎょうこう》なことぞ」

遠山からすでに委細を聞いているらしく、仁杉は笑みを浮かべて言った。

「宇野様の下に就くということは、そこまで稀有《けう》なことなのでありますか？」

「無論ぞ」

俊平の問いかけに、仁杉は平然と答えた。

「宇野は偏屈な奴でな。同じ南町でも、あやつの教えを乞《こ》うた者はおらぬ。こたびは遠山様のご推挙なればこそ、宇野めも重い腰を上げてくれたというわけじゃ」

「それほどまでに、気難しいお方なのですか……」

「まぁ、筋金入りの変わり者と言うてよかろう。されど、あれほど捕物に頭の働く者は他にはおるまい。隠居してしもうたのが、心底惜しまれてならぬわ」

「……」

黙り込む俊平の思いを察するかのように、仁杉は説《と》くように言った。

「さぞ大儀であろうが、この折をゆめゆめ逃してはならぬぞ。これはお奉行方の御為《おんため》のみならず、おぬしが為にも益多きことと心得よ」

「仁杉様……」

「しっかりやれい」

莞爾と笑い、仁杉は席を立った。

意地など張らず、幸内に詫びを入れろ。そう態度で示しているのだ。

名与力の仁杉五郎左衛門が全幅の信頼を預けている宇野幸内とは、ただ口が悪く無礼なだけの隠居ではないのかもしれない。

俊平は考えを改めて、素直に幸内の推理を聞くことにしようと思い至った。


翌日、朝一番で起き出した高田俊平は、速やかに身なりを整えた。

八丁堀の組屋敷で、俊平は独り暮らしをしている。

高田家の遺族は亡き当主の同心株を彼に譲ると同時に屋敷を明け渡し、田舎に引っ込んでいた。

庭には燦々《さんさん》と陽が射しており、今日も空は抜けるように青い。

「干してったほうがいいんだろうけどなぁ」

敷きっぱなしの布団と夜着《よぎ》を尻目に、俊平は帯を締めていく。

足元の畳が埃《ほこり》っぽい。

廊下にも綿ごみがところどころに目立つ。男独りで暮らすには広すぎることもあるのだろうが、掃除がまったく行き届いていない。

裾を直して黒羽織を重ね、刀架の大小を取る。

部屋の中こそ散らかっていても、刀架を置いた床の間だけはきれいにしている。

二刀の手入れにも抜かりはなかった。

小ぶりで厚手の角鐔には錆《さび》ひとつ浮いてはおらず、柄頭と鏢《こじり》の装具もぴかぴかと朝陽に輝いている。

小刀を帯前に差し、大刀を左手に提げる。

部屋の掃除は結局しないまま、俊平は組屋敷を後にした。

新大橋へ向かう前に町人地の煮売屋《にうりや》へ立ち寄り、飯と味噌汁を手早く掻き込む。

あの隠居の前で腹の虫など鳴かせてしまっては、それこそ何を言われるか判ったものではない。

もう二度と隙を与えるまいと意気込みつつも、俊平の胸は期待に膨らんでいた。

同じ南町の同心たちの中にも教えを乞うた者がいないという切れ者与力と、図らずも向き合うことになったのである。

少し現金なようにも思えるが、若いがゆえに俊平は気持ちの切り替えも早い。

昨夕に仁杉五郎左衛門より諭された通り、この機を生かすのは自分にとってもよいことなのだと、今や思い定めるに至っていた。

小半刻後、高田俊平は宇野幸内の前に座していた。

隠居所の囲炉裏端に通されるや、俊平は深々と頭を下げる。

「ご無礼の段、平にご容赦くださいませ」

「おやおや、今朝はずいぶん素直だね」

食後の茶を喫《きつ》していた幸内は、微笑みながら俊平を見やる。

「さしずめ仁杉の奴に何かお灸《きゅう》を据えられて、目が覚めたというところかな」

「面目次第もありませぬ」

相変わらずの幸内の口調にも臆することなく、俊平は殊勝《しゅしょう》に応じた。

「まぁ、若いうちってのは誰でも大変さね。どこへ行っても、説教ばっかりされなくっちゃならねぇからな」

「は……」

「ま、細《こま》けぇことは気にしなさんな。ひとつ、加賀屋の一件について、一緒に考え直してみようか」

幸内は機嫌よく、事件について改めて質問を始めた。

どうやら遠山の読み通り、幸内はこの年若く無鉄砲な俊平のことを気に入り始めていたらしい。

俊平自身はまだ気づいていないが、事件について知恵を借してくれるということは、即《すなわ》ちそういうことであった。

二度手間と思うことなく、俊平は昨日話したことを今一度、問われるがままに語り続けた。

すべてを聞き終えた幸内は、組んでいた腕を解くと、おもむろに口を開いた。

「……なるほどねぇ。こいつぁ店《たな》ぐるみ……いや、もうちっと大掛かりな陣を敷き、加賀屋庄兵衛と周りの連中が一緒になって企んだことなんじゃないかね、若いの」

「何と申されます？」

「黙って聞きねぇ」

疑義を呈しようとした俊平を制し、幸内は言葉を続ける。

「いいかえ、若いの。こういう事件が起きたときにゃ、外濠から調べを固めていくのが肝《きも》ってもんだ。事の段取りってのを、まずは覚えてくんな」

「外濠……にございますか」

「加賀屋が怪しいからって、いきなり本丸を攻めちゃいけねえってことさね」

「つまり主の庄兵衛に張り付くのではなく、周りから証拠を集めるということですか？」

「その通り」

幸内は微笑みながら頷いた。

「かと言って、奉公人の口を割らせろってわけじゃないぜ。お店者《たなもの》ってのは口が堅いもんだからな。加賀屋ほどの大店なら尚更《なおさら》、手前の主の不利になりそうなことなんぞ漏らすまいよ」

「では、如何にすれば」

「事が起こった日に加賀屋へ出入りした者《もん》をよ、洗いざらい当たってみねぇ」

「洗いざらい……でありますか」

幸内の助言に、俊平は思わず眉をひそめた。

「そう難しいこっちゃあるめえ。何もお江戸中を歩き回らなくたって、加賀屋の前に張り込んでいれば、あっちから出向いてくるやな」

「あちらから……？」

「札差ってのは、ふだんから足繁《あししげ》く人が出入りしているもんさね。一見《いちげん》さんなんぞは放っておいていいから、店の者と親しくしてる連中に絞ってよ、事が起きた前の日に加賀屋へ来た奴がどのぐらいいるのか、どんな奴なのか、顔ぶれを調べてみねぇ」

「なぜ、前の日なのですか」

「おいおい、ちっとは頭を働かせてから聞いてきなよ」

幸内は苦笑しながらも、手厳しい言葉を投げかけてきた。

「加賀屋はよぉ、朝っぱらから駆け込み訴えをしてきたんだろう？　とすりゃ、前の日のうちに一万両を何とかしたはずだよ。違うかい？」

「たしかに……ごもっともでございます」

言われてみればしごく当たり前のことに、俊平は二の句を継げなかった。

「そこから何か手がかりが見つかるこったろうよ」

「なるほど……」

「ただし、同心の形《なり》じゃ埒は明くまい。町人体になって出向くんだ」

「さればご隠居は、身なりを変えて探索せよと？」

「そうだよ」

何を問うのかとばかりに、あっさりと幸内は答えた。

「お前さんに限ったこっちゃねぇが、この頃の若い者は御成先御免《おなりさきごめん》の着流しのまんまで彼方此方《あちこち》に出向きすぎだよ。十手棒をちらつかせて町の衆を煙たがらせるばっかりが能じゃあるめえ」

「それがし、七方出《しちほうで》（変装術）は不得手《ふえて》にございます」

「不器用な奴だな」

幸内は呆《あき》れ顔になると、ふいにためすような口調になった。

「お前さん、奉行所を馘首《くび》になったらどうするつもりだい」

「は？」

幸内は、実に突拍子もないことを言い出す男である。

呆気《あつけ》に取られている俊平に対し、真面目な顔で説き聞かせた。

「いいかえ、若いの。先々のことってのはな、何であれ前もって算段を付けておかなくちゃならねぇよ」

「左様なものでございますか」

「当たり前だよ。お役目をしくじっちまってから慌てたところでもう遅いやな。十手御用の他に手前《てめえ》に何ができるのか、よっく考えてみるこった。張り込んでる最中にも時を無駄にせずに、な」

要はそれだけの覚悟を決めた上で、事に臨めということなのかもしれない。

もはや俊平は、異を唱えようとはしなかった。

今後は口ごたえすることなく、宇野幸内の言う通りにやってみよう。なぜか不思議と、そんな素直な気持ちになっていたのである。

八

陽は中天に差しかかっている。

蔵前に足を運んできた高田俊平の形《なり》は、先程までとは一変していた。

いつもの黄八丈と黒羽織に替えて、紬《つむぎ》の長着《ながぎ》に屋号の入った半纏を重ねている。

お店者——商家の奉公人の装いであった。

「まるで実家に戻ったみたいだなぁ」

陽光の下を歩きながら、俊平は小声で愚痴《ぐち》る。

しかし、ひとたび幸内を信じたからには、助言を活かそうと心に決めていた。

加賀屋と懇意にしている者が共犯という考えの下に、裏付けを取るべし。そのためには事件の前日に店へ出入りした者の頭数と顔ぶれを、余さず調べ上げること。

かかる幸内の推理を受けた俊平は町人体に身なりを変えて、加賀屋を探索するべく立ち上がったのである。

俊平は大きく息を吐くと、加賀屋の暖簾を潜った。

自分の主人が米相場を張りたがっていると相談を持ちかけるや、加賀屋の番頭は疑わしそうな視線を向けてきた。

「お前さん、どちらのお店《たな》だい？」

主の庄兵衛の姿は見当たらない。

店先にはめったに顔を出さぬらしいということは、あらかじめ調べ済みである。

俊平にしてみれば、何も庄兵衛当人に話を聞く必要はなかった。

店の奉公人たちとさえ接触できれば十分なのだ。

米相場のことを話の種に選んだのにも、然るべき理由があった。

直参相手に金を貸して稼ぐばかりでなく、米を扱う玄人《くろうと》として相場で大いに儲けている札差にはこういった相談事を持ち込む者が多いと、幸内が教えてくれたのだ。

「本郷の小諸屋《こもろや》にございます」

動じることなく、すぐに俊平は実家の屋号を挙げた。

家族には使いを頼み、探索のために屋号を使わせてもらうことを伝えてある。もしも加賀屋が調べに来たときは口裏を合わせてくれるよう、手紙に書き添えておいた。

「やめておいたほうがいいんじゃないのかい」

小太りの番頭は、うんざりした顔で告げてきた。

「お前さんとこのように一丁嚙《か》みたいって人はよく来るがね、米の値の動きってのはあたしたち玄人でも読み難いもんさ。薬種の商いで手堅く稼ぎなすった元手を無くしちまったら、元も子もありゃしないよ」

「そこを何とか頼みますよ。また参りますんで、ひとつよしなに……」

俊平は嫌がられぬ程度に念を押すと、混み合う店先から速やかに離れた。

第一の目的は、首尾よく達成できた。

まずは、加賀屋の者に顔を覚えさせること。幸内はそう助言してくれたのである。

本郷の薬種問屋が米相場に関心を持っているらしいという話は、あの番頭の口から店の手代や丁稚《でっち》にも伝わることだろう。しつこく相場の情報を聞き出そうとすれば煙たがられて、力ずくでも追い出されることになりかねないだろうが、今のようにやんわりと話しかけるぐらいならば奉公人たちも警戒はするまい。もしも相手が親身になってくれて、どの銘柄でどのぐらい儲けを狙っているのかと逆に聞かれたとしても不安はない。

幼い頃から町中の子どもたちを締め、怖い者知らずのがき大将だった俊平だが、父親から算盤と帳簿付けだけはみっちりと仕込まれている。雑用ばかり任される奉行所では未だ披露する折もなかったが、いざとなれば算盤を借りなくても、暗算でおおよその勘定をすることもできる。まさか探索のためになるとは思わなかったが、厳しい父親に仕込まれた余技は大いに役に立ってくれそうであった。

「さて、と……」

俊平は深呼吸をすると、河岸の米蔵へ足を向けた。

四万坪近くの広大な敷地には、五十余りの公儀の米蔵が建っている。ここで働く者たちも、事件に関わっている可能性は大きい。

俊平は加賀屋が顧客である直参の旗本・御家人に代わって扶持米を受け取っている蔵にも当たりを付け、さも米相場の情報を嗅《か》ぎ回っている者らしく装いながら、探りを入れていくつもりだった。

翌日も翌々日も、俊平は加賀屋に通い続けた。

まずは番頭に挨拶《あいさつ》をし、うとましがられぬ程度に心がけながら手代や丁稚に声をかけて廻った後は、河岸の米蔵に足を向ける。

米蔵では加賀屋お抱えの人足たちが休憩する折を狙って、こまめに茶菓を振る舞い、まず顔を覚えてもらうように心がけた。

それにしても、加賀屋の繁昌ぶりは大したものだった。

札差は顧客の旗本・御家人から預かった受取証を米蔵まで持参し、御蔵《おくら》奉行配下の役人に提示した上で、名札が差された米俵を山と受け取る。

受け取った俵は、人足たちに指図して店まで運ぶ。

むろん、そのまま備蓄しておくわけではない。価格を操作するために意図して自前の蔵に隠し置く場合もあるのだろうが、俊平がたしかめたところでは、加賀屋は出入りの米屋へ惜しむことなく売却し、市中で販売させている。

直参相手の金貸しと米相場で大いに儲ける一方で、小売りの米屋相手の商いも疎《おろそ》かにしてはいないのだ。

　米屋たちも加賀屋を信用しているらしく、一日に幾十人も足を運んでくる。

（ほんとに、人の出入りが激しいなぁ……）

　感心しつつも油断せず、俊平は張り込みを続けた。

　俊平を差し向けて以来、北町奉行の遠山は他の同心を引き上げさせていた。

　南町の筒井も探索を手控えてくれているらしく、加賀屋に関わる者たちはようやく疑いが晴れたようだと安心し始めている。

　このところ店と米蔵に足繁く出入りをするようになった、相場の情報集めに熱心なお店者が町奉行所の若同心だとは、誰も夢想だにしてはいなかった。


　今日も日が暮れるまで加賀屋の前で粘った後、俊平は新大橋へと足を向けた。

　隠居所にいる幸内には、日々の収穫を欠かさず報告する約束になっている。

「ぼちぼち目鼻が付いてきそうだなぁ、若いの」

　今日の調べの報告を終えた俊平に、囲炉裏端に座した幸内は明るく微笑みかけた。

　女中の憐は二人に茶を供《きょう》した後、台所で何やら夜食の支度をしている最中のようである。

「左様でありましょうか、ご隠居？」

「上出来だよ」

俊平が恐る恐る問い返しても、幸内はにこにこと笑みを絶やさずにいる。

「加賀屋にゃ、そんだけ大人数が出入りしてるってわかってきたんだろう。それに顔ぶれも、おおよそのとこは押さえられたはずだぜ」

「はい」

褒められて気をよくした俊平は、続けて言った。

「主の庄兵衛を頼りにしており、下にも置かぬ様子で接しておる者だけでも、日に百人は下りませぬ」

「そいつぁ、どんな連中だい」

「ご直参のお歴々、そして小売りの米屋にございます」

「百人か……ちょうどいい頭数だなぁ……」

湯気の立つ茶碗を手にしばし黙り込んだ後、幸内はおもむろに問うてきた。

「で、その連中は雛祭りんときにも来てたのかい」

「雛祭り?」

「一万両が消えちまった前の日さね」

「定かではありませんが……恐らくは常の通りかと」

「たしかめてみな。やっぱり同じように百人来たのかどうかをよ」

幸内には何やら思惑があるらしく、その口調は確信に満ちたものだった。

「それとなぁ、若いの。得意先の連中に雛祭りのお祝いとか何とかって名目で引き出物が配られたのかどうかも、忘れずに調べてみるこった」

「引き出物……にございますか？」

「雛祭りとくりゃ、白酒か草餅って相場が決まってるぜ。まぁ、俺らが探してんのは切り餅のほうだけどよ」

幸内が放ったのは、実に曰《いわ》くありげな言葉であった。

俊平は押し黙ったまま、じっとその意味を考えた。

「もしや、ご隠居は……」

俊平は、ふと何かに気づいた様子で問いかけた。

「……その引き出物の中に、金子《きんす》が小分けにされていたとでも」

「まぁ、千両箱よりは菓子折のほうがずっと運び出しやすいからな。一万両でも百で割りゃ百両……折詰《おりづめ》にするにゃ、ちょうどいい塩梅《あんばい》だと思わねぇかい」

幸内は謎掛けをするような調子で、続けて俊平に語りかけた。

「そんな菓子折を得意先から渡されたとすりゃ、お前さんなら一体どうするね」

「それは……そのまま隠匿するわけにはいきますまい。たとえ幾日か間を置いてでも必ずや持参し、返却することでありましょう」

「ご名答。加賀屋の信用を失ったら、たとえ百両でも割にゃ合わねぇだろうさ。俺もきっと同じことをするさね」

俊平の答えに対し、幸内はいたずらっぽく片目を瞑《つむ》ってみせる。

「とにかく、裏を取ってみねぇ。話はそれからだ」

「こ、心得ました」

幸内の助言を受けて、俊平は力強く頷き返す。

すべてを理解したわけではないが、何となくこたびの一件のあらましが見えてきたような気がしたのだ。

そこに憐がやって来た。湯気の立つ丼《どんぶり》をふたつ、朱塗《しゅぬ》りのお盆に載せて捧げ持っている。

「お、蕎麦切《そばきり》かい。ちょうど食いてぇと思ってたとこだ」

幸内はたちまち相好《そうごう》を崩した。

厚手の丼には茹《ゆ》でた更級《さらしな》蕎麦が盛られ、貝柱と刻み葱《ねぎ》を散らした上から熱い出汁《だし》がたっぷりと掛け回してある。

「いただきまする」

幸内が箸《はし》を取るのを待ち、俊平は丼を手にした。

つるつるっと一口啜り込んだとたん、思わず目を細める。

「どうだい、若いの」

「美味《おい》しゅうございます」

「そりゃそうだろうさ。憐の手打ちは絶品だからなぁ……」

幸内が手放しに褒めるのも頷ける味だった。

蕎麦切だけでなく、貝柱の佃煮《つくだに》も自家製らしい。

じっくりと炊き上げられた貝の滋味《じみ》が出汁《だし》に溶け出しており、何とも言えず濃厚な味わいを醸《かも》し出していた。

湯気の立ち上る囲炉裏端で、男たちは夢中になって蕎麦を手繰《たぐ》る。

その様を、傍らに座した憐は、にこにこしながら見守っていた。


張り込みを始めてから十日目、ついに俊平は確証を摑むに至った。

一万両を消失させたのは、加賀屋庄兵衛の権威と組織力だったのだ。

二十五両の切り餅で四百包、合計一万両を日頃から面倒を看てやっている百人に分けて預かってもらい、盗まれたと見せかけたのである。

人の手配さえ叶えば、後は運び出す算段を付けるのみだ。

庄兵衛が用いた策は、実に巧妙なものだった。

あらかじめ因果《いんが》を含めた百人に店まで足を運ばせ、三月三日に雛祭りの引き出物と称して配った菓子折の中身が、雛祭りの草餅ならぬ切り餅だったのである。たしかに加賀屋ほどの大店ならば、そのような大判振る舞いをしたところで不思議ではあるまい。

最初は俊平もそう思っていたが、町方同心の素顔に戻って市中の菓子屋に当たりを付けたところ、加賀屋は草餅など注文していなかったことが判明した。雛祭りまでに間に合うようにと急ぎで発注されていたのは、杉板製の箱が百個のみだったのだ。

一万両を百で割れば百両——切り餅四つならば、何とか菓子折にも詰め込める。ちょうど百人が受け取ったことは、すっかり顔なじみになった店の使用人たちから聞き出した。

俊平の正体がまさか町奉行所の同心とは夢にも思ってもいない加賀屋の手代や丁稚は、草餅のからくりをすでに見抜かれているとは気づかぬままに、うちのご主人はこれほど太っ腹なのだと自慢げに吹聴《ふいちょう》してくれたのである。

頭数を押さえた上で、俊平は百人の名前も抜かりなく調べ上げた。

もちろん手代であれ丁稚であれ、まとめて聞き出そうなどとすれば疑われるのは目に見えている。

そこで俊平は米相場の話を聞きに来た体《てい》を装っては、ふと思い出した様子で雛祭りの引き出物の話題を相手に振るという手段を取った。

「本所割下水《ほんじょわりげすい》の塙《はなわ》様のお名前なら、もう先《せん》にお聞きしましたよ。他にはもう、お振る舞いを受けなすったお武家様はいらっしゃらないんですか」

「へぇ……さすがは加賀屋さんだ。お出入りの米屋みんなに菓子折を配りなさるとは豪気なもんですねぇ。で、本郷あたりでも頂戴したお店《たな》はあるんですかね？」

こうして世間話にかこつけて問いかければ、どこの誰が貰ったのかを聞き出すのも容易だった。

たとえ中身は秘密であっても引き出物を配ったこと自体は事実であり、雛祭り当日に幾人もの御家人と米屋が菓子折を受け取って帰っていったのは、米蔵の人足たちや近所の者も目にしている。

奉公人たちにしても、そのようなことはなかったなどと菓子折の存在までごまかすのは不自然であったし、同心の姿のままならばともかく、町人体になりすました俊平が問うてくるのに対して警戒などはしなかった。

俊平はあくまで気取《けど》られぬように用心し、話を切り出す間合いに注意しながら調べを進めていった。

そうやって新しい名前を耳にするたびに一人ずつ、懐中に忍ばせた帳面にこっそり書き付けていくという作業を続けるうちに、とうとう百人にまで達したのだ。

幸内の読み通り、ぴったりと符丁《ふちょう》が合ったわけである。

百人の顔ぶれを押さえた上は、その口裏《くちうら》（証言）を取ることが必要だった。

庄兵衛が利用した面々の内訳は、貧窮《ひんきゅう》した御家人と小売りの米屋である。御家人は借金の返済でがんじがらめにされており、米屋は商品の仕入れをするため頭が上がらない立場だった。

なればこそ、事が露見すれば連座して重い罪に問われるに違いないと承知していても断りきれず、一万両隠匿の片棒を担いだのだろう。

しかし、悪事に加担したのが事実となれば同情は禁物である。

俊平は御家人と米屋の中から数人ずつ、強面《こわもて》になって問い質しても気が咎めることのない手合いを選び出して乗り込んだ。

「ご直参と思って下手《したて》に出てりゃ、しらばっくれやがって！　町方を甘く見るんじゃねぇぜ!!」

「わざわざお白洲《しらす》に出てきてまで、加賀屋がお前さんを庇《かば》ってくれると本気で思ってんのかい？　命が惜しかったら洗いざらいぶちまけやがれ！」

目ぼしをつけた相手の家に堂々と乗り込み、一人一人を問いつめて追い込んでいく。

悪事に加担した輩《やから》と思えばこそ、遠慮はしなかった。

乗り込んだ御家人の屋敷では刀を抜かれもしたが臆せずに押さえ込み、俊平は真実を問い質すために体を張ったのである。

御家人も米屋も最初は口を閉ざしていたが、俊平の気迫に最後まで抗することはできなかった。

かくして聞き出した真相は、俊平の怒りを掻き立てて余りあるものだった。

庄兵衛は百両入りの菓子折を、同業者である株仲間の札差衆の店々へ密かに届けてもらっていたのである。

江戸の札差は株仲間により結束している。その組織力を恐れればこそ、切り餅入りの菓子折を運ぶ役目を任された御家人と米屋たちは持ち逃げしなかったのだ。

加賀屋を裏切れば、他の札差からも相手をしてもらえなくなる。

つまり、御家人はどこの札差に借金を申し入れたところで断られるし、米屋は商品を仕入れる途《みち》を断たれてしまうのである。

とりわけ米屋にとって脅威だったのは、もしも逆らえば江戸市中で暮らしていけぬように嫌がらせをされるのが目に見えていたことだった。分限者の札差衆は町人社会において、強大な発言権を持っているからである。

弱い立場の者を村八分ならぬ、八百八町八分《はっぴゃくやちょうはちぶ》にしてしまうのも容易なのだ。

百両をねこばばしたところで、とても割には合うまい。

加賀屋庄兵衛はそうやって見通しを立てた上で段取りをし、一万両を店から消えたように見せかける計画を実行に移したのであった。

一万両もの大金をまとめて店の外へ持ち出すのは不可能でも百両ずつ、しかも巧妙に偽装していれば人目には立たない。その上で同業の札差たちに預けたとなれば絶対に安全であり、事態が露見するはずもない。

すべては加賀屋が持つ、強大な力があればこそ成し得たことだった。

「もう十分だろうぜ、若いの。ここらでお奉行方へご注進といこうじゃねぇか」

俊平が新大橋の隠居所を訪ねて委細を報告すると、幸内はそうお墨付きを与えてくれた。

「どれ、貸してみねぇ」

俊平が調べた結果をまとめた帳面をじっくり改め、幾つかの誤字を訂正してやった上で末尾に署名し、幸内は自分が目を通したことの証明として印判を押す。

「こいつを金四郎さん、いや……左衛門尉様にお見せしな」

「有難うございます」

俊平はほうっと溜め息をつくと、深々と頭を下げる。

思えば、長い日々だった。

この十日の間、幸内は調べの進み具合を報告させるばかりで、自らは一度たりとも蔵前へ出向きはしなかったが、あたかも現場を見てきたかの如く、いつも的確な助言を俊平に与えてくれた。その甲斐あって、確証が得られるに至ったのである。

「お世話になりました、ご隠居」

重ねて一礼しつつ、俊平は感慨深げに隠居所の中を見回す。

その視線がつと、神棚で止まった。

神棚に一挺の十手が飾られていることに気づいたのは、隠居所に日参するようになってからのことである。

奉行所より与力に貸し与えられる、小ぶりなものではない。それに官給品《かんきゅうひん》の十手は、お役目から退いたときに返上したはずであった。

神棚に飾られていたのは幸内が現役の頃、捕物の現場に出向くときにいつも用いていた私物の長十手《ながじって》だったのだ。

数々の凶悪犯を叩き伏せてきたという一振りも、今は錆びるに任せている。

「あの十手は俺の分身よ。だからこそ、このままにしておきてぇんだ」

俊平の視線に気づいたのか、南向きに設けられた神棚を自らも見上げつつ、幸内はつぶやいた。

「されどご隠居、錆だらけのままでは……」

「錆も身の内って言うじゃねえか。なぁ」

俊平の問いかけに、幸内はふっと微笑む。

「それによぉ、俺もこいつもお役御免になった上は、あんまり世間で目立っちゃいけねぇのさ。まだ鬼仏の幸内なんて呼んでくれる人も世間にゃいなさるようだが、その渾名《あだな》も金輪際《こんりんざい》、勘弁してもらいてぇ」

「ご隠居……」

「今度のことも同役の連中にゃ、ぜんぶお前さんの手柄《てがら》ってことにしておきねえ」

「そ、それはいけませぬ」

「いいってことさね。ははは……」

戸惑う俊平を見やりながら、幸内は豪快に笑い飛ばした。

「またいつでも寄ってくれよ。憐が得意なのは蕎麦切だけじゃねぇんでな、次はもうちっと手の込んだ料理《もん》を出させるぜ」

「お、恐れ入りまする」

「遠慮はいらねぇぜ。またな」

幸内は負けず嫌いながらも実直な俊平のことを、よほど気に入ったのであろう。微笑む両の目は暖かい光に満ちている。

好意を示してくれたのは、彼だけではない。

俊平を送り出すとき、現われた憐は幸内の肩の陰に隠れるようにして、恥ずかしげに微笑んでいた。

九

北町奉行所に俊平が着いたときには、もう日は暮れかけていた。

昼過ぎに城中から戻ったという遠山は、まだ執務中だった。

午前は登城していなくてはならないため、奉行所で決裁待ちの書類に目を通したり、配下たちの話を聞く時間は限られている。

着任早々から遠山は執務に日々励んでおり、奥の役宅に戻って床に就くのはいつも夜中近くのことであると俊平も聞き及んでいた。

三月も疾《と》うに半ばを過ぎ、陽暦で四月の下旬を迎えた頃となれば花冷えする時期も過ぎている。日が暮れても、部屋の中はまだ暖かかった。

遠山は用部屋の障子を開け放ち、文机に向かって書き物をしていた。

「失礼仕ります、お奉行」

「入んな」

俊平が訪《おとな》いを入れると、遠山は微笑みながら顔を上げた。

「しばらくだったな、十日ぶりってとこか」

「永らく出仕もせずに、失礼いたしました」

「構わんさ」

平伏する俊平を、遠山は柔和な面持ちで見やる。

その眼前に、すっと帳面が差し出された。

「お目を通してくださいませ」

俊平が提出した調査報告に、遠山は速やかに目を通していく。

「……よくやったな」

すべてを読み終えた遠山は、満足そうにつぶやいた。

「お前さんと鬼仏の隠居のおかげで、どうやら俺の首も繋がりそうだぜ。このとおり礼を言うぜ」

膝に手を置いて頭を下げると、遠山は続けて言った。

「こっから先は奉行の役目だ。後のことは委細任せておきねぇ」

「お奉行……」

「心配するには及ばないさね。お前さんは持ち場に戻っていいな」

案じ顔の俊平に力強く頷き返すや、遠山はすぐに立ち上がった。

渡り廊下に出て奥へ足を運び、速やかに着替えをすませる。

裏の門から忍び出ていく遠山は、縞柄の小粋な着流しに装いを変えていた。

刀は持たず、脇差のみを帯前に差している。

遊び人の金四郎として名を売った、往時そのままの形《なり》であった。


それから半刻後、加賀屋は大騒ぎになっていた。

店を閉め、表の戸を下ろそうとしたところに、着流し姿の胡乱《うろん》な男が乗り込んできたのだから無理もあるまい。

「お、お奉行様⁉」

騒ぎを聞きつけた庄兵衛は、表に出てくるなり息を呑んだ。

行く手を阻《はば》んだ屈強の手代たちに当て身を喰らわせて一蹴《いっしゅう》し、悠然と立っていた無頼漢の正体とは誰あろう、北町奉行の遠山左衛門尉景元だったのだ。

「久しぶりだなぁ、加賀屋」

絶句した庄兵衛を見返し、遠山は不敵に微笑む。

「お前さんが以前《まえ》に言ってた、動かぬ証拠ってやつを持ってきたぜ」

「な、何ですと！」

「この帳面にはよ、一万両を持ち出しやがった連中の名前《なめえ》と素性がぜんぶ書き記してあるんだぜ。それに明かしてくれた者《もん》の名前は伏せる約束だがな、お前さんの手口についての口裏もしっかり取れてらぁ。何なら今、ここで読んで聞かせてやろうかね」

「馬鹿な……」

「黙りやがれ！」

啖呵を切った遠山が袖をまくるや、桜の花びらが露わになる。

続いて脱いだ諸肌《もろはだ》には、黒髪を振り乱した女の生首が彫られていた。

「俺の可愛い配下が汗水垂らして調べ上げたことによ、お前さんは間違いがあるって吐《ぬ》かすつもりなのかい？」

あまりの迫力に首をすくめた庄兵衛の前に、ずいと帳面が差し出される。

「論より証拠よ。目ん玉ぁひん剝いて、よっく見てみねぇ」

恐る恐る帳面を受け取った庄兵衛は最初の頁を繰るなり、小さな目を喝《かっ》と見開いた。

高田俊平が辛抱強く調べ上げ、宇野幸内の教示を受けてまとめ上げた報告の中身はまさに完璧だったのである。

庄兵衛は力なく呻くや、がっくりと膝を突く。

居合わせた奉公人たちも一様にうなだれている。

俊平の綿密な調べを前に、庄兵衛はとうとう観念し、事実を認めたのだ。

「一万両は無事。そういうことだな？」

「仰せの通りに……ございます」

念を押す遠山に、庄兵衛は弱々しく答える。

「そんなら包み隠さず、今回の一件の経緯《いきさつ》ってやつを話してもらおうか」

「……」

庄兵衛は無言で頷き返した。

肉付きのよい頬が、ふるふると打ち震えている。

それは目の前の北町奉行だけではなく、別の者の存在を怖れていたがためであると遠山が知ったのは、すべてを白状させた後のことであった。

十

翌朝、遠山は登城前に数寄屋橋へ乗物を向かわせ、南町奉行の筒井に二人きりで面談することを所望した。

高田俊平の報告書を見せると同時に、加賀屋庄兵衛に白状させた事の真相を口頭で申し伝えるためである。

すべての話を終えたとき、二人の奉行は暗い顔で見つめ合っていた。

「矢部《やべ》様、か……」

「はい。相手が悪うございますな」

筒井のつぶやきに応じて、遠山は沈鬱な面持ちで答える。

二人が打ち沈んでいたのも無理はなかった。

加賀屋庄兵衛が狂言強盗を仕組んだことを白状すると同時に明かした黒幕の正体というのは、西ノ丸留守居《るすい》役を務める幕臣だったのだ。

その名は矢部左近衛将監定謙《さこんえのしょうげんさだのり》、五十二歳。

かねてより町奉行の座に就くことを願って止まない、大身旗本である。

町奉行は、旗本たちにとっては花形の役職だ。

まだ五十を過ぎたばかりで働き盛りの矢部にしてみれば、地位こそ高いものの閑職《かんしょく》の西ノ丸留守居役では満足できず、南北いずれかの町奉行になってやろうという野望を抱いたとしても不思議ではあるまい。

しかし熟練の南町奉行である筒井はもとより、新たに北町奉行となった遠山も老中首座の水野から期待を寄せられている。

当分の間、自分にお鉢《はち》が廻ってくることは有り得ない。

そこで、筒井と遠山の面目をまとめて潰してやろうと思い立ったのだ。

加賀屋庄兵衛は矢部に脅され、やむなく事を起こしたのである。

首尾よく自分が町奉行となることが叶った暁には老中首座の水野に掛け合い、解散せよとの脅しを再三かけられている株仲間を保護してやろうという、願ってもない交換条件を出された上でのことだった。

矢部の遣り口は、実に卑劣極まりない。

しかし、筒井も遠山も表立って糾弾《きゅうだん》するわけにはいかない。

いかんせん、矢部定謙は大物である。

とても表立って罪に問うことなどはできまい。

ために二人の奉行は真相の究明を断念し、恥を忍んで事件を迷宮入りとすることにしたのだった。


「調べは打ち切る。そう心得てもらいてぇ」

「そんな……」

遠山から呼び出されて早々に、高田俊平は絶句した。

加賀屋を問いつめた首尾を聞かせてもらえるものと思いきや、告げられたのは夢想だにしない言葉だったのだ。

「そ、それでよろしいのですか、お奉行！」

「南のお奉行と話した上でのこった。料簡《りょうけん》してくんな」

多くを語らず、遠山は黙ったまま俊平に背を向ける。

黒幕が矢部定謙という事実は、胸の中に仕舞っておくより他にない。

ここで俊平に明かせば、意地となってあくまで食い下がるだろう。自分一人だけでも矢部の身辺を探り、動かぬ証拠を摑もうとするに違いない。

若かりし頃の遠山ならば、きっと同じ真似をしたはずだ。

しかし、それは危険な行動だった。

矢部にとって、一人の若同心を闇に葬ることなどは容易《たやす》い。目障りになってくれば即座に手を打ち、俊平を殺しに掛かるであろう。

将来のある若者の命を、無下に散らせてしまってはならない。

そんな遠山の胸の内など知る由もなく、独りだけ取り残された俊平は、悔しげに頰を歪めるばかりだった。


大川が夕陽に染まる。

高田俊平は悄然《しょうぜん》と肩を落とし、新大橋を渡っていく。

消沈して奉行所を出た若者の足は我知らず、幸内の隠居所へと向けられていた。

「いらっしゃい」

お憐は何も訊かず、俊平を中に迎え入れてくれた。

「よぉ」

奥の六畳間から幸内が姿を見せる。

読みさしと思《おぼ》しき合巻を手にしたまま、にこやかに微笑みかけてくる。

「今夜は早いじゃないか。勤めはもう済んだのかえ」

「は……」

俯《うつむ》いたままでいる俊平の肩に、静かに幸内の手が置かれた。

華奢《きゃしゃ》なようでいて分厚い、逞《たくま》しい手のひらである。

「とにかく中に入りねぇ。話はそれからだ」

告げる口調に押しつけがましさはまったくない。

幸内に促されるがままに、俊平は六畳間へ入っていった。


夕闇の迫る中、隠居所の無双窓から煙が漂い出ている。

囲炉裏端で憐が夕餉《ゆうげ》の支度をしている間中、俊平は奥の六畳間で幸内を相手に愚痴り続けていた。

「すべては徒労にございましたよ、ご隠居」

「そう言うもんじゃないよ」

自嘲《じちょう》する若者を、幸内はやんわりと窘《たしな》める。

「長いもんには巻かれるしかないだろうさ。お前さんはやることをきっちりやったんだから、そう腐っちゃいけねぇな」

「……」

「いいかえ、若いの」

幸内は静かな口調で説き聞かせるように言った。

「十手御用ってやつは、いつも報われるもんとは限らないんだぜ」

「……それはどういう意味でございますか」

「人が起こす事件《こと》ってのは、そう簡単に割り切れるもんじゃねぇってことさ。加賀屋にしても、手前勝手な理由だけで大事を引き起こしたわけじゃないのかもな」

「拙者には、まだよくわかりませぬ」

「お前さんが一人前になったらさ、おいおい身に染みてくるはずさね。金四郎さんはまだそんなことは知らなくていいって、考《かんげ》えてくれてるんだろうよ。あのお人は若え頃から、そういうところがあったからなぁ」

「ご隠居……」

「まぁ、一杯やっていきな」

納得がいかぬ様子の俊平の肩を叩き、幸内は囲炉裏端に歩み寄っていく。

自在鉤《じざいかぎ》に掛けられた鉄鍋の中では、鶏肉と春大根が煮えていた。

「新富町《しんとみ》に昔なじみの店《とこ》があってな、今朝がた届けてくれたのよ」

幸内は腰を下ろすや、形のよい鼻をひくひくと動かす。

「こいつぁいいや」

鶏と大根は実によく合う。ぶつ切りにした鶏肉は短冊《たんざく》切りの大根と一緒にじっくり煮込まれ、美味《うま》そうな匂いを漂わせていた。

水炊きを作りながら、憐は酒の支度も抜かりなく整えてくれていた。

「俺はいいから、若いのに酌《しゃく》をしてやりねぇ」

幸内は鍋に箸を伸ばしながら鷹揚に告げる。

憐は黙って頷き、燗《かん》を付けた銅壺《どうこ》を手にして俊平に躙《にじ》り寄る。

「おひとつどうぞ、高田様」

「忝ない」

酌を受ける俊平の表情は、相変わらず冴えない。

心尽くしの鍋と酒を供されても、打ち沈んだ若者の心は晴れるに至らなかった。

十一

酔えぬ酒ほど空しいものはあるまい。

泊まっていけという幸内の勧めを断って隠居所を後にした俊平は独り、新大橋の袂に立っていた。

月明かりが煌々《こうこう》と射している。

「……」
無言のまま、俊平は眼下でたゆとう川面を見やる。
酔いの色などは微塵も残っておらず、その面《おもて》には虚無の念が溢《あふ》れている。
と、俊平の表情がおもむろに引き締まった。
橋の反対側から、何者かが疾駆してくるのを見て取ったのだ。
長身の影は袴を穿《は》いていた。
逞しい肩に、抜き身の刀を引っ担いでいる。
「誰でぇ！」
俊平はすかさず鯉口《こいぐち》を切った。
鞘を引くのももどかしく、上体を前にのめらせるようにして抜刀《ばっとう》する。
闇の向こうから迫り来た武士は、間合いを取って足を止めた。
竹田頭巾《たけだずきん》で、その面体《めんてい》は覆い隠されている。
鍛え抜かれた五体から発せられる雰囲気は、鋭利な剃刀《かみそり》にも似たものであった。
「てめぇ、北町の高田俊平と知ってのことか！」
威嚇《いかく》に動じず、男は無言のまま刀を八双《はっそう》に取った。
構えを取るときの所作を見れば、剣の技倆《ぎりょう》のほどは自《おの》ずと察しが付く。果たして、
男には一分の隙もなかった。

「む……」

負けじと、俊平は素早く一歩踏み出す。

中段に取った刀の切っ先は、ぴたりと覆面の男の喉元へ向けられていた。

並の手合いであれば、この時点で俊平に気迫負けしているはずだった。

しかし、男は微動だにしていない。

斜めに構えた刀身をぴくりとも動かさず、迫る俊平を平然と見返している。

刹那、裂帛《れっぱく》の気合いが闇を裂いた。

「やっ！」

「とぉー!!」

重たい金属音を上げて二条の刃《やいば》がぶつかり合うや、俊平はよろめいた。

必殺を期して打ち込んだ一撃を、男は余裕で打ち払ったのだ。

間を置かず、きぃんと鋭い音が上がる。

男が仕掛けた右袈裟《みぎけさ》斬りを、俊平は辛うじて受け止めていた。

「くそ……」

俊平の息は荒い。

嚙み合った二条の刃が、ぎりっと鳴る。

相手の技倆に、俊平は完全に圧《お》されていた。

自分が身につけた剣技などは、児戯《じぎ》にも等しい。そう思わずにはいられないほどの強敵であった。

だが、気圧《けお》されているばかりでは己の命が危ない。

彼が修めた天然理心流の身上は気組《きぐみ》——対する敵を気迫で圧倒することである。

俊平は眦《まなじり》を決し、はね返しざまに、決死の覚悟で斬りかかろうと考えていた。

と、そのとき、後方から落ち着き払った声が聞こえてきた。

「待ちな」

飄然と土手上に立っていたのは、先程別れたはずの宇野幸内であった。

上物の着流しの左腰に刀を一振り、さらりと落とし差しにしている。

「ご隠居!」

俊平は慌てた表情を浮かべた。

助太刀《すけだち》に入ってもらったところで、怪我《けが》をさせてしまっては元も子もあるまい。

しかし、当の幸内は平然としていた。

「若い者をいたぶるってえのはよくない料簡だ。刀を引いてくんな」

幸内は歩み寄りながら、覆面の男に告げる。

「お前さんとは、以前《まえ》にどこかで会ったことがあるなぁ。その太刀さばきにゃ、見覚えがあるぜ」

問いかける幸内の口調は常と変わらず、静かなものだった。

「斬り捨て御免の火盗改……違うかい」

「……」

「一体《いってえ》、誰の差し金で出向いて来たんだい？」

対する男は答えない。

ただ、凶刃を再び八双に構え直しただけであった。

「仕様がねぇか」

一言つぶやき、幸内は鯉口を切る。

刹那、軽やかな金属音が上がった。

腰の一刀を鞘走らせざまに、幸内は刺客の斬撃を阻んだのだ。

次の瞬間、覆面の男は血煙を上げて倒れ伏す。

幸内の返す刃で、一気呵成に斬り伏せられたのだ。

小野派一刀流《おのはいっとうりゅう》・立合抜刀《たちあいばっとう》——。

かの柳生新陰流《やぎゅうしんかげりゅう》と並ぶ将軍家御流儀《おりゅうぎ》だった当流派に伝わる、居合術《いあいじゅつ》である。

この時代、居合は誰もが学ぶことのできる剣技ではなかった。

俊平の学ぶ天然理心流にも伝承されているはずだが、まだ教授してもらえる段階に達してはいない。居合を会得していることから察するに、幸内はよほど剣の修業を積んできた、小野派一刀流でも高弟の内の一人なのだろう。

「ご隠居……」

「無茶はするもんじゃねぇ。生兵法《なまびょうほう》は大怪我のもとってのを覚えておきな」

茫然と立ちつくす俊平にそれだけ告げると、幸内は背を向ける。

その胸中は複雑だった。

刺客を差し向けてきた者の正体に察しが付いていればこそ、胸の内で覚える怒りも大きい。

昔ならば悪を見逃さず、徹底して追いつめることもできた。

しかし、今はそうはいかない。

職を辞し、奉行所から去った幸内は一介の隠居にすぎない。

刺客こそ倒したものの、黒幕の正体にまで迫ることなどできはしないと弁《わきま》えているのだ。

真剣勝負においても同様だった。

腕自慢の幸内も、さすがに体力が衰えてきている。

最初の一太刀で敵を倒さなくては後がない。

そう自覚していればこそ、居合で勝負をしたのだ。

「齢は取りたくないもんだぜ……」

ひとりごちつつ、幸内は静かに去ってゆく。

月明かりの下で、隠居所へ至る道を黙然と辿っていくばかりであった。

十二

それから一刻ばかり後。

矢部左近衛将監定謙の屋敷に、襲撃が不首尾に終わったとの報告が届いた。

「おのれ……」

矢部は低く呻いた。

壮年に至っても変わらない、引きしまった相貌の持ち主である。

かつて火付盗賊改の長官を勤め上げた猛者《もさ》だけに、四肢《しし》も能く鍛えられている。

だが、すべての強者《つわもの》に健全な魂が宿っているわけではない。

自身の出世のためには手段を選ばず、二人の町奉行をまとめて追い落とさんとした矢部の陰謀は無に帰した。

加賀屋庄兵衛は遠山左衛門尉の誠意を信じ、矢部を見限ったのである。

庄兵衛は南町奉行所への訴えを取り下げて、金蔵が破られたという事件そのものを隠滅したのだ。

南町奉行所の遠山は庄兵衛の所業を咎《とが》めず、向後《こうご》は二度と繰り返さぬようにと釘を刺した上で、無罪放免にしたという。

一万両を隠匿する企みに加担させられた百人、そして仲間の札差衆も連座して罪に問われるには至らなかった。

連携して難事の解決に当たった南北の町奉行は、隠居与力の宇野幸内の知恵を借りることによって見事に局面を打開し、詰め腹を切らされることを免れたのだ。

しかし、矢部としては、実に許しがたいことであった。

ほとぼりが冷めた頃に献上させるはずだった一万両も、加賀屋から拒否された。

このままでは、町奉行職に就くために老中たちへばらまこうと目論んでいた賄賂が捻出できなくなってしまう。

怒り心頭に発した矢部だったが、さすがに加賀屋へ刺客を差し向けるほど単純にはできていない。

若同心の俊平に狙いを付けたのは、せめてもの意地だったと言えよう。

「そう気を落とされるものではありませぬぞ、左近衛将監殿」

同席していた男が、親身な口調で矢部を励ます。

取り立てて特徴のない、中肉中背の外見である。

だが、その実態は類《たぐ》い希《まれ》な策士だった。

鳥居耀蔵《とりいようぞう》、四十五歳。

老中首座である水野越前守忠邦の直属の目付として、江戸市中の民の奢侈取り締まりに暗躍する男だ。

幕政の刷新を望む水野の手足となって精勤する鳥居も、自身の出世を切望している点は矢部と何ら変わらない。

しかしながら、その発想は幾層倍も狡猾《こうかつ》なものであった。

直情径行な矢部を利用すれば、自分は表に立つことなく南北の町奉行を失脚させることができる。その上で何か策を弄《ろう》して矢部を蹴落とせば、労せずして奉行職が手に入ると鳥居は考えていた。

まさに濡れ手に粟《あわ》というものであろう。

そんな本音をおくびにも出さず、鳥居は酒器《しゅき》を取る。

「済んだことは致し方ありますまい。ささ……」

「忝ない」

酌を受けつつ、矢部は鳥居に目礼した。

「かくなる上は貴公のみが頼りじゃ。越前守様へのお取りなし、よしなに頼むぞ」

「お任せくだされ」

微笑みを浮かべて請け合うと、矢部は安堵した様子で杯に口をつける。

ぐっと一息に煽るのを見届け、鳥居はさりげなく問うた。

「ところで、宇野幸内という男は、よほど切れ者なのでありましょうな。左近衛将監殿」

「左様……」

矢部は苛立たしげに吐き捨てた。

「火盗改を拝命《はいめい》せし頃には、幾度も煮え湯を飲まされたものよ」

いつも先に凶悪犯を捕縛されてしまい、手柄を奪われてばかりだった往時のことを矢部はまだ忘れていない。

刺客として差し向けた配下もかつて火盗改の同心を務めており、宇野幸内に対して尽きぬ憎しみを抱く男であった。

もう少しで小生意気な若同心を血祭りに上げ、遠山と筒井を恫喝《どうかつ》することができるところだったというのに、しゃしゃり出て来た幸内に、見事に阻止されてしまったのだ。

矢部の積年の恨みには、更なる怒りが加わっていた。

「ま、ま」

鳥居は相手を取りなすように、穏やかに微笑んだ。

「たかが隠居した与力一人に、どれほどのことができましょうや。これより町奉行になられんとする貴公が、左様な小者如きに執心してはなりませぬぞ」

宇野幸内のことなど、歯牙《しが》にも掛けてはいない。鳥居はあえてそう言っているのだ。

「幾らでも策はお授け申し上げます故、ご安堵なされよ」

「頼むぞ」

矢部はたちまち自信を取り戻した様子である。つくづく単純な男だった。

なればこそ、鳥居にとっては御しやすい。

天保十一年三月二十日（陽暦四月二十二日）。

闇に蠢《うごめ》く妖怪が、いよいよ表舞台へ乗り出そうとしていた。

第二話　百化けの仮面

一

江戸は四月を迎えていた。

陽暦ならば、すでに五月である。

大川端の桜は疾《と》うに散り、並木の枝々には青葉が生い繁っていた。

明るい木洩れ日の射す路上を、年若い同心が歩いてくる。

北町奉行所の番方若同心・高田俊平である。

黒羽織の裾を内側に巻いて帯に挟み込み、大小の鞘に掛からぬようにする巻羽織は、町奉行所の同心に特有の装い方だ。

御成先御免の着流しの裾が、爽やかに吹き寄せる風に揺れている。

黄八丈は裏地に詰めてあった防寒用の綿が抜き取られ、着心地も軽い袷《あわせ》に仕立て直されている。

この時代、更衣《ころもがえ》は四月朔日《さくじつ》と決まっていた。

こうして綿入れを袷に改め、雲ひとつなく晴れ渡った空を仰《あお》いでみれば、自ずと気も晴れてこようというものだ。

しかし、俊平の顔色は芳《かんば》しくない。

彫りの深い横顔が、翳《かげ》りの色を帯びている。

産毛の生えた頬は強張り、切れ長の双眸に射《せ》す光も暗い。

それでいて、逞しい足の運びは見るからに急いたものだった。

俊平が先を急ぐのには理由があった。

生家がある本郷の界隈《かいわい》で、このところ連続殺人が発生しているのだ。

これまでに五人、無惨に殺害されたのは若い女ばかりである。

誰にも気づかれずに寝部屋へ忍び入り、短刀で脾腹《ひばら》をひと突きにする手口は五件の殺しに共通していたが、下手人と思しき者が現場から立ち去っていくのを見かけたと申し出てきた人々の目撃証言はまちまちだった。

たしかに小粋《こいき》な遊び人だったという者がいれば、間違いなく残《のこ》んの色香も盛んな中《ちゅう》年増《どしま》だと言い張る者もいて、奉行所では人物像がまったく特定できずにいたのだ。

ちなみに五件の殺しの現場近くで目撃されたのは第一夜が着流しの遊び人、第二夜が湯屋帰りらしき中年増、第三夜が一本差しの浪人、第四夜が夜鷹《よたか》、そして昨日の第五夜は、これから吉原へ繰り込もうといった若旦那の風体だった。

いずれも手ぬぐいや笠で顔を隠しており、人相までは分からない。

風体もさまざまであり、まったく正体が判然としないのだ。

すべて装ったものなのだろうが、いかに夜半とはいえ衆目《しゅうもく》を欺《あざむ》きおおせて逃走したとなれば、玄人はだしの変装と言えよう。

南北町奉行所の廻方同心たちによる懸命の探索も空しく、確たる手がかりは未だに得られていなかった。

自分が生まれ育った地で起きている事件となれば、俊平が落ち着いていられぬのも無理はあるまい。

今日は非番である。

俊平のような見習い同心は奉行所内の雑用を命じられるばかりで、探索御用に駆り出される立場ではない。こたびのような解決の急がれる事件が起きても、休みを返上してまで働かされることはなかった。

そこで俊平は非番を利用し、実家を見舞うために本郷まで足を延ばしたのだ。

中山道《なかせんどう》を辿っていくうちに『かねやす』の看板と大きな蔵が見えてきた。

享保《きょうほう》の世に「乳香散《にゅうこうさん》」と名づけた歯磨き粉で大当たりを取り、今も変わらぬ人気を集める小間物商である。

俊平の実家が営む薬種問屋は、この『かねやす』と同じ町内に店を構えている。

屋号は小諸屋。信濃《しなの》生まれの先々代が出した店だ。地元から取り寄せて諸方に卸す目薬の効能には定評があり、小売りの馴染み客も数多い。

生母の寅《とら》は他界していたが父親は健在で、商いは順調そのものであった。

普段であれば、裏から入るべきところである。

十手を授かっていない身とはいえ、町奉行所の役人が表から堂々と出入りをしては外聞がよろしくないからだ。

しかし、今日に限っては、店の表に廻ってほしいと言われていた。

もとより近所の人々は、小諸屋の一人息子が同心株を買って町奉行所勤めになったことを承知している。

だが、この平和な町に突如として出没し始めた姿なき殺人鬼は、かかる事情など知る由もあるまい。

そこでわざと目立つように店の前で振る舞い、何処《どこ》からか様子を窺っているのかもしれない下手人に対し、小諸屋の身内には町方の同心がいることを見せつけてほしいというのだ。

それが俊平に助けを乞うてきた、身内からの願いであった。

「来てくれたのかい、俊ちゃん！」

店の前で待っていたのは、大柄な大年増だった。

厚地の帯を巻いた上からでも判るほど、腹が出っ張っている。鏡餅《かがみもち》を重ねたかのように福々しく肥えた体の上には、これまた団子のような丸顔が載っかっていた。

綾《あや》、三十歳。

俊平より九つ上の姉は嫁ぎ先から離縁され、実家に戻ってきたばかりである。

先に受け取った手紙によれば、出戻ってきた矢先に起こった連続殺人に戦々恐々《せんせんきょうきょう》としていて、食事も喉を通らないという。

肥え太っていると余人には判り難いが、弟の俊平には姉がやつれていることが一目で見て取れた。

「お久しゅうござる、姉上」

慇懃に挨拶しながら、俊平は油断なく周囲に視線を向ける。

瓦屋根の商家が建ち並ぶ、子どもの頃から見慣れた風景だ。

怪しい者の姿は、どこにも見当たらない。

両隣も向かいも堅気の商家であり、近くの仕舞屋《しもたや》も空いたままだった。

家と家の間の、俗に猫道と呼ばれる隙間も確認する。

子どもならば通り抜けることもできるだろうが、大人には無理だろう。

殺しの現場から立ち去った者についての証言は人相風体こそ不確かだが、一致していた点も幾つかあった。

身の丈が五尺四寸（約一六二センチメートル）ばかりで、腰回りが安定しているという点は、どの目撃者たちも同じだったのだ。

並よりもやや上背があり、痩せぎすでもないということは、こんな猫道を通るのはまず不可能だった。

身を潜める場所は他にあるまいと見定めた上で、俊平はさらに慎重を期した。

店の前に仁王立ちとなるや、すっと屋根を見上げる。

御城下から遠く離れた本郷でも、三丁目界隈までは江戸の内《うち》と言われている。火の手が上がったとき被災しやすい板や茅《かや》で屋根を葺《ふ》くことは禁じられており、どの家もすべて瓦葺きになっていた。

瓦屋根の利点は、火に強いだけではない。

上に昇れば足音が響くため、木戸番や辻番《つじばん》がすぐに気づいてくれるのだ。

六尺近い俊平は、梯子《はしご》など使わなくても屋根の状態がおおよそ見て取れる。

瓦がずれている様子は認められず、誰かが昇った様子もなかった。

「大丈夫かねぇ、俊ちゃん」

丸い頬を震わせて、綾は怯えた口調で言った。

「せっかく里へ戻ったってのにさ、命を奪《と》られちゃたまんないよぉ」

五年も他家に嫁《か》していたというのに、娘のような口調が一向に改まっていない。一事が万事と見なしてしまってはかわいそうだが、嫁ぎ先の同業者から愛想を尽かされたのも無理からぬことやもしれなかった。

それでも俊平にとっては、一人きりの姉である。

「ご安心なされ」

屋根に異常がないのをたしかめ終えると、俊平は姉を安心させるように微笑みかけた。

「町方の身内に手を出さばただでは済まぬことを、もとより知らぬ者はおりませぬ。怪しき輩が何処《いずこ》かより見ておれば、それこそ肝を冷やしましょうぞ」

「それならいいけど……」

「ともあれ、中へ」

安堵した様子の綾を促し、俊平は暖簾を割ってやる。

「ありがと」

先に立って敷居をまたぐ姉の後ろ姿を、俊平は無言で見やった。

丸々と太った不細工な姉に下手人が狙いを付けるとは、正直なところ俊平も考えてはいない。

殺されたのはいずれも見目美しく、年若い女房ばかりである。

出戻りの大年増を、それも姉などを狙ってくるはずがないだろう。

それでも大切な身内には違いない。わざわざ休みを割いて馳《は》せ参じたのは、自分が顔を見せれば、綾も安心してくれると思えばこそのことだった。

二

店の中では父の太兵衛《たへえ》が奉公人に指示を出し、得意先別に卸す薬種を整理している最中であった。

太兵衛は当年五十二歳。力士さながらに肥え太っており、筋骨逞しい。

長女の綾は、父親に瓜二《うりふた》つの容姿なのだ。

一方の俊平は、いかつい名前に似ず細身できりっとした美貌の持ち主だった亡き母の寅によく似ていた。

もしも生きていれば、寅はまだ四十路《よそじ》半ばを過ぎたばかりの頃のはずである。あるいは女殺しの下手人に目を付けられていたかもしれなかった。

だが、小諸屋を狙ってくることは万が一にもあるまい。

父の太兵衛はまだまだ矍鑠《かくしゃく》としており、一向に隠居をする様子もない。なればこそ暴れん坊の一人息子を無理やり後継ぎにさせず、町方の同心にしてやろうなどと思い立つこともできたのだ。

肝が太いばかりか体力も十分であり、重い荷を一人でさっさと持ち運んでも腰を痛めることはない。万が一にも姉が寝込みを襲われれば、自分に代わって下手人を撃退してくれることだろう。

俊平は帳場の隅に座り、父親の仕事の手が空くのを待っていた。

奥に立った綾が、二人分の茶を淹れてきてくれた。

ぽっぽと湯気が立つ茶碗は、見るからに熱そうである。

冷ますことをせずに横着し、鉄瓶から直に急須《きゅうす》へ湯を注ぐ姉の癖は昔から変わっていないらしい。

「忝ない」

俊平は一礼し、熱い碗をそっと持つ。

そこに太兵衛が、巨体を揺らしながら歩み寄ってきた。

「元気そうだな」

ごつい顔を綻《ほころ》ばせる父に、俊平は膝を揃えて頭を下げた。

「父上もご健勝で何よりです」

「おやおや、しばらく見ないうちに、お武家らしい言葉を使うようになったもんだ」

汗を拭き拭き、太兵衛はどっかと腰を下ろす。

薬簞笥《くすりだんす》の整理は奉公人に任せてあった。俊平が幼い頃から奉公してくれている番頭と手代たちは気を利かせ、私語を交わすこともなく作業に励んでいる。

「見ての通り、恙《つつが》なくやらせてもらってるよ。誰かさんが騒ぎを起こすこともないからね。本郷は静かなもんさ」

「さもありましょう」

悪びれることなく、俊平は微笑んだ。

「拙者《せっしゃ》がおらねば、昔のように喧嘩で負かした奴らの身内が尻を持ち込んでくることもありませぬからな。店も静かで、何よりです」

「こいつ」

太兵衛は苦笑しながらも、穏やかな目で俊平を見つめた。

もとより、仲のよい父子である。

なればこそ久方ぶりに顔を合わせても、腹蔵《ふくぞう》なく言葉を交わすことができるのだ。

「それで俊平、大事はなさそうかね」

熱い茶碗を事もなげに握り、太兵衛は一口啜る。

「裏口の戸締まりさえ怠らねば、まず間違いはございますまいよ」

「そうか……」

綾が戻ってこないのをたしかめると、太兵衛は続けて問うた。

「やっぱりお奉行様も、その点はご承知の上ってわけかい？」

「はい」

俊平は言葉少なに頷くにとどめた。

奉行所内の見解を、たとえ身内であっても簡単に明かすわけにはいかない。

そのあたりの事情は、太兵衛も承知してくれているらしかった。

「まぁ、外聞を憚《はばか》るのは町方の衆にとっても同じこったよ。ご新造を犯《や》られちまったお店じゃ、どこもひた隠しにしていなさるからな」

「……」

太兵衛が口にしたのは、本郷界隈で噂になっていることだった。

町奉行所は公表するに及んではいなかったが、被害に遭った五人の女房は何者かを寝部屋へ招じ入れ、情を交わした後に刺されていたのである。

いずれも亭主が商いの接待で吉原へ繰り出し、外泊した夜のことだった。

となれば五件の殺しは男の犯行と見なすべきだが、逃げ去ったのは女とする証言も少なくない。

しかし、情を通じた跡がある以上、とても女の仕業《しわざ》とは考えられまい。

まだ科学捜査の技術が存在しなかった時代でも、遺体の状態からおおよその見当を付けるのは可能である。

間違いなく、殺された女たちは情を交わした男の手に掛かったのだ。

それでも不可解な点は残る。

人妻の浮気相手が別れ話のもつれで逆上し、刃傷沙汰に及ぶ事件そのものは珍しいことではない。

だが五人が続けざまに命を奪われるとは、とても有り得ぬ話だった。

これは単独犯による、間男《まおとこ》というよりも女の側が望まぬ無体《むたい》な夜這《よば》いを働いた末に為されたことではあるまいか――南北の町奉行は、かかる見解に達していた。

いずれにしても、これ以上の女房殺しは阻止しなくてはならない。

本郷界隈の女房持ちには外泊をせぬようにとの触れが町役《ちょう》人を通じて出され、下手《げしゅ》人《にん》は女形《おやま》くずれの男と判じられた。

目下、南北奉行所の廻方同心たちは、役者衆の探索に走り回っている。

だが、疑わしい手合いがそう多くいるはずもない。五件の殺しの当夜に家を空けていた者となると、なおのことだった。

「ま、綾が男なんぞを引っ張り込まないように気をつけるさ」

「父上……」

「有り得ないことじゃないよ。あれでも小さい頃にゃ、目の中に入れても痛くねぇほど可愛いって娘《こ》だったんだからなぁ」

しみじみとつぶやく太兵衛を、俊平は温かく見守る。

若同心の自分にできることなどは限られているが、下手人を挙げるために為し得る努力を惜しむまい。そう心に決めていた。

三

同刻、新大橋の宇野幸内宅の前に、一挺の乗物が停まっていた。

陸尺と供侍たちは所在なげに、冠木門の下に佇んでいる。

乗物の主――筒井伊賀守からは、殊更な警固など無用と申しつけられていた。

訪問した相手が皆からの信頼も厚く、かつ剣の手練《てだれ》でもある幸内ならば案じるには及ぶまいが、何とも手持ち無沙汰ではある。

下城して数寄屋橋御門内の奉行所へ向かう道を変え、大川の向こうまでやって来た一同は正直なところ、疲れを覚えてもいた。

主命とあれば是非《ぜひ》もないが、陽光の下に立ち続けるのはかなりしんどいことだった。

と、そこに湯気の立つ盆が運ばれてきた。

隠居所のうら若き女中、憐である。

「お疲れ様にございます」

人数分の茶碗に、程よく温められた煎茶《せんちゃ》が注ぎ分けられている。

「か、忝ない」

「いただきまする」

いかつい男たちは一様に相好を崩し、美少女が捧げ持つ盆に手を伸ばす。

盆の上には、四分の一ずつ切り分けた饅頭《まんじゅう》も添えられていた。

急な来客だったために、十分な買い置きがなかったのだろう。

奉行の供揃えともなると数が多い。

何しろ、長棒の乗物を担《かつ》ぐ陸尺だけで四人もいるのだ。

供侍たちに、騎馬で護衛に付く内《うち》与力。挟箱《はさみばこ》を担ぐ中間まで含めて総勢二十五、六名に及ぶ行列となれば、とても五つ六つの買い置きで足りるはずがない。

しかし、きれいに四等分された饅頭は小切れにした懐紙に載せられており、手製と思しき楊枝も添えられている。

客をもてなす気持ちを伝えて余りある、可愛らしい茶菓子であった。

心尽くしの茶菓を一同が味わっているところに、井戸端から憐が戻ってきた。

見れば、並々と満たした水桶を提げている。

「よろしゅうございますか？」

「相済まぬ」

中年の内与力は目礼を返し、脇へ退く。

憐が馬のために水を汲んできてくれたことに気づいたのだ。

黒栗毛の一疋《いっぴき》は堂々たる駿馬《しゅんめ》だった。

当節は馬の腱《けん》を切って脚力を弱くし、乗りこなしやすくする武士も多いが、この黒《くろ》鹿毛《かげ》は見るからに逞しい。

それだけに気も荒く、めったに余人を寄せ付けない荒馬なのだが、憐は事もなげに正面から歩み寄っていく。

「ほらほら」

優しく呼びかけながら水桶を置き、左側に廻って首を軽く叩いてやる。

たちまち、黒栗毛の馬はつぶらな瞳を輝かせた。

「よしよし」

美味そうに水を飲み始めた馬の肩を愛撫《あいぶ》し、憐は満面の笑みを浮かべる。

明るい陽光の下で微笑む美少女と駿馬の姿は、居合わせた人々を和ませて余りあるものだった。

隠居所の障子は開け放たれていた。

囲炉裏端では、宇野幸内が渋面《じゅうめん》を浮かべている。

ちょうど今、筒井伊賀守の話を聞き終えたところであった。

「……こいつぁ百化《ひゃくば》けの仕業《しわざ》でしょうな」

火箸を手にした幸内は、炭を足しながらつぶやいた。

「やはり、おぬしもそう判じるか」

「日《ひ》の本《もと》広しといえども、こんだけ自在に形《なり》を変えて動き回れるような奴が他にいるはずはありますまいよ」

「左様」

「厄介な野郎が舞い戻ってきやがったもんですね、お奉行」

「恥ずかしながら、またしても五里霧中じゃ……」

筒井は溜め息を吐いた。

幸内が口にした「百化け」とは、殺し屋の通り名だ。

洋の東西を問わず、暗黒街には殺人を請け負《う》う玄人がいる。

百化けと呼ばれる殺し屋の本名は、誰も知らない。

のみならず、年齢も性別も定かではなかった。

手口は鋭利な短刀で、脾腹をひと突きにする。殺しに慣れた者ならば誰もが使うものだったが、標的に近づいて目的を遂げる手段が際立っていた。

場面場合に合わせて老若男女を装い、あらゆる人相風体に化けおおせるのだ。

どのようにして成功させたのか判然としないが、用心深い博徒の親分や宿下がりの奥女中を床に誘い、同衾《どうきん》して仕留めるということもやってのける。

仲間は持たぬ独り稼ぎで、これまで一度として町奉行所にも火盗改にも尻尾《しっぽ》を摑ませたことのない、神出鬼没の手練だった。

ここ一年ばかりの間は鳴りを潜めており、江戸はむろんのこと、京大坂でも仕事をした形跡は認められなかった。

その百化けが再び動き出したのだ。

それにしても、五夜連続で殺しを働くとは、かつてなかったことである。

筒井は北町奉行の遠山左衛門尉と連携し、廻方の同心を全員投入して探索に全力を挙げていたが、未だ手がかりは得られていないらしい。こうして訪ねてきたのも本当に万策尽きてしまい、よくよく思いあぐねた上でのことなのだろう。

しかし、対する幸内の態度は素っ気ない。

「おぬしもかつては百化けを追っていたのであろうが、宇野っ」

我知らず、筒井は語気を強めていた。それだけ必死なのである。

されど、幸内は首肯《しゅこう》しようとはしなかった。

「そいつぁ隠居する前のことですよ、お奉行」

「さもあろうが……」

「くどいですぜ」

言い募る筒井に、幸内が滔々《とうとう》と申し述べた答えは明快だった。

「皆の手前、隠居の俺がそう度々《たびたび》しゃしゃり出るってわけにゃ参りますまい。あまり余計な真似はしたくないんですよ。それに御役を退いた者《もん》がいつまでも手伝っていたんじゃ、若い連中が育ちやしねぇでしょう。違いますかい？」

「……」

筒井は返す言葉を失っていた。

喋り口調こそ伝法だが、たしかに幸内の言い分は筋が通っている。

隠居した吟味方与力が知恵を貸してばかりいては、現場を担う若手たちに甘えを促すことになる。

難事件であればこそ、南町奉行所は現体制で解決しなくてはならない。そう幸内は言っているのだ。

これ以上食い下がるのは、奉行として為すべきことではあるまい。

「……邪魔したな」

「こちらこそご無礼を仕りました」

立ち上がった筒井に、幸内は膝を揃えて一礼する。

かつての上役への敬意に満ちた、折り目正しい所作だった。

四

その頃、呉服橋御門内の北町奉行所にも来客が訪れていた。

ちょうど奉行の遠山は下城して着替えを終え、執務を始めていたところだった。

「俺と直《じか》に話してぇ。そう言ってんのかい？」

「は……」

取次に来た玄関番が、困惑した様子で頷いて見せる。

それだけの大物が来たとなれば遠山も無下にはできないはずだが、返された答えは意外なものだった。

「承知した。四半刻ほど待たせておきねぇ」

「よ、よろしいのですか？」

「こっちにもお役目ってもんがあらぁな。ま、できるだけ早いとこ済ませるからって言っときな」

戸惑う玄関番にそれだけ告げると、遠山は文机の前に戻った。

決裁待ちの書類に目を通し、待機していた与力に諮問《しもん》した上で印判を押す。

町奉行の務めは多忙である。

毎日登城し、奉行所で執務できるのは午後からと決まっている。とても自ら市中へお忍びで出向いたりする閑《ひま》はない。

(ここまで忙しいとはなぁ……)

正直なところ、遠山は忸怩《じくじ》たる思いにとらわれていた。

このところ市中を騒がせている連続殺人の件は十中八九、玄人の仕業に違いないと踏んでもいる。

しかし配下の廻方同心たちは、未だに手がかりが掴めていない。

いっそ、自分が乗り出した方がよいのではないか。そう思っていても、余分な時間を作ることがままならないのだ。

それにしても約束なしの来客とは、非常識なものである。

(まったく、これだから豪商って奴は気にくわねぇや)

苛立ってはいても、遠山の頭の回転は速かった。

「この吟味、ちょいと杜撰《ずさん》じゃねぇのかい」

「は？」

「もう一手詰めてからじゃねぇと、いざお白洲へ引っ張り出したときに白を切るかもしれねぇよ。以前《めえ》にも、そういうことがあったそうじゃねぇか」

「ぎ、御意」

恐れ入った様子で、与力は頭を下げた。

遠山は勢いだけの男ではない。

着任して早々に例繰方《れいくりかた》へ命じて過去の判例を整理させ、抜かりなく目を通した上で日々の執務に役立てている。

腕が立つばかりでなく、頭も切れなくては人を能《よ》く束ねることはできない。それは若かりし頃、宇野幸内から受けた教えでもあった。


奉行所の玄関から昇降することは武士や神官、僧侶といった格式がある者以外には許されない。

本来ならば、町人は奉行に面会を望むのも容易ではない。しかるに、その男は堂々と玄関に上がり、来客用の座敷へ丁重に通されていた。

「……遅いな」

肉付きのよい口元を歪め、男は不満げにつぶやく。

先程の玄関番が入れ替えていった茶には、一口も口を付けてはいなかった。

身の丈は五尺（約一五〇センチメートル）に満たない。蛙《かえる》を思わせる平べったい顔をしており、腹の突き出た醜男《ぶおとこ》である。

しかし、その異相と矮軀《わいく》には自信が満ち溢れていた。

結い立ての胡麻塩頭から、鬢付け油のよい香りが漂ってくる。更衣に合わせて仕立てさせたらしい、真新しい御召《おめし》に絽《ろ》の羽織を重ねていた。奢侈を禁じる公儀の取り締まりなど、屁《へ》とも思っていないのである。

井谷屋弁蔵《いたにやべんぞう》、五十九歳。

薬種問屋が多く集まる本郷でも、井谷屋は最大手の店だ。格が高いだけでなく、奉行所への付け届けの額も同業の中で群を抜いている。玄関番が、下にも置かない扱いをするのも無理はなかった。

今日びは武家の権威よりも、商人の財力が物を言うご時世である。その財力に武士たちは依存し、豪商からの献金を恃みにしている。大御所の徳川家斉とて、例外ではなかった。

これでは、いかに老中首座の水野越前守が躍起になって改革をしようと頑張っても、功を奏するはずはない。商人たちも表向きこそ礼儀正しく振る舞っているが、腹の中では為政者《いせいしゃ》を馬鹿にし切っている。

すべては金の力の為せる業《わざ》と言えよう。なればこそ、堂々と贅沢《ぜいたく》な身なりをしてもいるのだ。

「今度の奉行は若いだけに、礼儀ってもんを知らないようだねぇ……」

弁蔵は膝を崩して座っていた。

寄る年波で足が弱ってもいるのだろうが、奉行所内に通された町人が取る態度ではない。

「暑い……」

弁蔵は、ぼやくこと頻《しき》りであった。

襖が閉め切られた部屋は蒸していた。

肥え太っていれば、自ずと汗もかきやすい。

弁蔵は苛立たしげに手ぬぐいを取り出し、せかせかと顔を拭く。

白地に店の屋号を染め抜いた、広目《ひろめ》（宣伝）用の一枚である。

豪商と呼ばれるまでにのし上がっても、弁蔵は常に商いを第一に考え、外出するときは屋号入りの手ぬぐいを忘れずに持参し、これ見よがしに用いることを習慣としていた。

と、襖が軽やかな音と共に開かれた。

「待たせたね、井谷屋さん」

遠山は愛想よく呼びかけてきた。

先程まで穿《は》いていた袴を脱ぎ、寛いだ着流し姿になっている。

「そのままでいいよ。客人は暑がりのようだからなぁ」

障子を閉めかけた玄関番にそう告げて、悠然と上座に着く。

「御用繁多なもんでな、こんな形《なり》で失礼するよ」

「滅相《めっそう》もありませぬ」

すでに弁蔵は居住まいを正し、きっちりと膝を揃えて座している。

「ま、とにかく話を聞こうじゃないか」

遠山は運ばれてきた茶を美味そうに飲み干すや、こちらから水を向けた。

「さればお奉行様、恐れながら……」

蛙顔に愛想笑いを浮かべながら、恐る恐る申し出ようとした弁蔵を、遠山は手で制した。

「話す前に、お前さん、汗を拭くなら先にしねぇ」

「とんでもない。これは広目の癖にございますれば……ご無礼をいたしました」

慌てて弁蔵は頭を振り、握ったままでいた手ぬぐいを袂に仕舞う。

「なるほどなぁ。商売繁盛で結構なこった」

遠山は皮肉な笑みを浮かべるや、玄関番に目線で命じた。

障子は閉じられ、座敷の中は二人きりになった。

もとより、遠山は遠慮など微塵もしてはいない。礼儀を知らぬ若造の新任奉行めと思われているであろうことも、承知の上だった。

「それで井谷屋さん、奉行所に何をご所望《しょもう》かね」

「は……」

弁蔵は愛想笑いを絶やさぬまま、膝元に置いた合切袋《がっさいぶくろ》を引き寄せる。取り出されたのは袱紗包《ふくさづつ》みだった。

「そいつぁ何だね？」

「ほんのお土産《みやげ》にございます。どうぞ、お納めを」

弁蔵は袱紗包みを前に押し出しながら、福々しい笑みを投げかける。

「山吹色の菓子ってやつかい」

遠山は苦笑した。口元こそ緩めているが、目までは笑っていない。

弁蔵を見返す視線は、どこまでも冷たいものだった。

「ほんの気持ちにございます。どうぞ……」

戸惑いながらも、弁蔵は重ねて勧める。

しかし、対する遠山の答えはあくまで素っ気なかった。

「生憎《あいにく》だが、俺ぁ甘いもんが苦手でな。気遣いは無用にしてもらおうか」

「お奉行様……」

「さっくりと用向きを聞かせてくれ。お役に立てるかどうかは、その上で決めさせてもらうよ」

思わず言葉を失う弁蔵に、遠山は威厳を込めて言い放った。

五

改めて問い質したところ、井谷屋弁蔵の願いというのは家人《かじん》の警固だった。

本郷界隈を殺人鬼が跳梁《ちょうりょう》しているとなれば不安を覚え、斯様な話を持ち込んできたとしても無理はない。

ところが弁蔵が護ってほしいのは本妻ではなく、年若い妾《めかけ》だという。

「手前の女房は寝たきりの病身でございましてね。奉公人どもの目も届きやすいんで何の心配もございませんが、別宅のほうは婆《ばあ》やと二人きりなもんで……」

町人でも武家と同様に、妾を本妻と同じ屋根の下に住まわせる者がいないわけではなかったが、どうやら弁蔵は違うらしい。

聞けば同じ本郷の数町離れたところに仕舞屋を借りてやり、身の回りの世話をする老女中を付けているという。

たしかに、不用心極まりないことである。

そのために金まで積んで、警固を願い出てきたのだ。

どのみち報酬を出すならば市井《しせい》の浪人や、腕自慢の若い衆などを雇えばよさそうなものだが、弁蔵は奉行所以外は信用できないと主張した。

遠山はすぐに弁蔵の本音を見抜いた。

(こやつ、寝取られると思っていやがるな)

用心棒を雇っておいて、大事な妾に手を出されてしまっては堪らない。

その点、町奉行所の同心に頼むのならば安心である。奉行に命じられて動く彼らが万が一にも不埒《ふらち》な振る舞いに及べば、責を問われて職を失うことになるばかりか、詰め腹まで切らされかねないからだ。

用心棒として、これほど都合のよい手合いは他にいないことであろう。

弁蔵はそこまで考えた上で、奉行所を訪れたに違いなかった。

「どうかお頼み申し上げます、お奉行様!」

弁蔵は遠山を伏し拝んだ。

先程までとは打って変わった丁重ぶりだが、これも町奉行所に妾の警固をさせたいという一念ゆえのことなのだろう。

斯様な振る舞いをされればされるほど、遠山にしてみれば腹立たしい。

とは言え、見過ごすわけにはいかなかった。

五件に及んだ殺しの恐怖は本郷一帯に広がっており、所帯持ちはどの家も気が気でなくなっている。日頃は女房を蔑《ないがし》ろにしている亭主たちも態度を一変し、夜に出歩く者は絶えて久しいという報告を受けていた。

それに比べて、女所帯の妾宅は危険であった。弁蔵のように奉行所へ駆け込んでくるまでには至らずとも、妾を囲う金持ち連中は戦々恐々としているはずである。

奉行所としても、六件目の殺しを未然に防ぐためには力を尽くしたい。事が起こってしまってからでは手遅れなのだ。

「まぁ、顔を上げねぇ」

鼻白《はなじろ》んだ表情を改め、遠山は真面目な顔で弁蔵に告げた。

「こうして子細を明かしてもらったからには、俺らも無下にはできねぇや。さっそく今夜から若いのを差し向けようか」

「真実《まこと》でございますか？」

たちまち相好を崩した弁蔵は、袱紗包みを再び前に押し出した。

「されば、こちらをお納めくださいませ」

「いらないよ。御用向きのことになっちまえば、もう礼金なんざ無用さね」

遠山は手を振ると、袱紗包みを仕舞うように指示した。

「ですが……」

「そんなに礼がしてぇんなら、直に心付けを渡してやってくんな」

さばさばと話を締めくくり、遠山は腰を上げる。

警固を誰に命じるのかは、すでに胸の内で決めてあった。

商家では店舗を「表」、居住部を「奥」と呼ぶ。井谷屋の本妻が臥《ふ》せっているのは奥でも一等日当たりのよい、中庭に面した座敷だった。

塵《ちり》ひとつなく掃き清められた部屋に、障子越しの朝陽が淡く射している。掻い巻きを掛けた上からでも、骨と皮に痩せ細っているらしいと察しが付く。眼窩《がんか》は落ちくぼみ、両の頬はこけていた。

病床の本妻は仰臥《ぎょうが》したまま、両目を喝《かっ》と見開いている。

「……弁蔵め……」

呪詛《じゅそ》にも似た響きを込めて、女はつぶやく。

梶《かじ》、四十六歳。

家付き娘のお梶は十八年前、父親に命じられて祝言《しゅうげん》を挙げた。今は亡き父親が店の番頭をしていた弁蔵の商才を見込み、後継ぎに迎えたいと言い出したのだ。

相手の選《え》り好みをしていたのが災いし、婿取《むこと》りできぬまま三十路《みそじ》近くになっていたお梶としては拒むことも叶わず、見るからに醜男の弁蔵とやむなく祝言を挙げたものだった。

夫婦の間に子どもはいない。

まして病床に伏してしまった今となれば、もはや後継ぎを産むのは難しい。かくして親族一同の黙認の下、弁蔵は若い妾を囲ったのだ。

弁蔵は年甲斐もなく、三日と開けずに妾の許に通い詰めているという。

このところ本郷界隈で連続殺人が起きてからは気が気でないらしく、昨日は町奉行所にまで警固を頼みに出かけていったとのことだった。

弁蔵の行動はすべて、奉公人たちを通じて筒抜けである。

お梶にしてみれば腹立たしいこと限りない話ばかりなのだが、それでも知らぬまま捨て置く気にはなれなかった。

あの男は井谷屋を利用している。

それは田舎より奉公に出てきたときからの狙いだったに違いない。

弁蔵が自分に惚《ほ》れて婿入りを望んだわけではなく、店を手に入れたいがために縁談に乗ったことは最初から見抜いていた。

新婚の頃から、お梶はほとんど弁蔵から相手にされていなかった。

たしかに、商才は抜きん出ている。井谷屋を江戸でも指折りの薬種問屋にしたのは、間違いなくあの男の功績だった。代々の取引先を手厚く扱う一方で広目（宣伝）を巧みに打ち、抜かりなく新規の顧客を増やしてきたのだ。

公儀から睨まれても一向に動じることなく、弁蔵は商いを楽しんでいる。

人を動かし、取引を拡げることを無上の喜びとする、まさに商人としては第一等の出来た婿だった。

しかし、女として蔑ろにされてきた家付き娘にしてみればたまらない。

四十路を迎えてからは何事にも覇気が感じられず、食も細くなる一方で、ついには立ち歩くことさえも億劫《おっくう》になってきた。

医者は気鬱の病《やまい》と診断し、奥で心安らかに過ごさせるより他にないと弁蔵に告げたらしい。それを幸いとばかりに、あの男は口うるさい親族を説き伏せ、後継ぎを作るというお題目の下に妾を囲ったのだ。

つくづく、腹立たしい話である。

とはいえ、お梶は顔も知らぬ妾に嫉妬をしているわけではなかった。

家付き娘の自分が疎略《そりゃく》に扱われている現状が、口惜しくてならないのだ。

もしも自分に商才があれば弁蔵になど頼らず、若い頃に自分が望んだ通りの見目形よき婿《むこ》を取って店を取り仕切ることもできたことだろう。

娘時分に芝居見物や芸事などには血道《ちみち》を上げず、商いに役立つ薬種の目利きや算盤勘定を身に付けておくべきだったと気づいたときには、もう遅かった。

興味がなかったわけではない。女に商いを学ぶことなどは無用と断じ、蝶よ花よと甘やかしてきた父親の思惑に乗ってしまった自分も悪いのだ。

だが、今さら悔やんでも、もはや取り返しのつかぬことだった。

今のお梶にできるのは、弁蔵を呪うことばかりである。

もしも体の自由が利くならば、丑《うし》の刻参りでもやりたいところであった。

だが、それもままならない。

我が身が思うように動かせないほど、苛立たしいことはない。

その原因を取り除く術《すべ》を、お梶は持ち得てはいなかった。

六

井谷屋弁蔵の妾宅は、先代から引き継いだ家作《かさく》のうちの一軒だった。

周囲の貸家はすべて井谷屋の所有する物件であり、若い妾が囲われていることは皆が承知している。

弁蔵もよくよく恥知らずな男と言えよう。金があるのだから瀟洒な向島《むこうじま》辺りに妾宅を構えてやればよいものを、店賃《たなちん》のいらない自前の家作を利用しているのだ。

「まったく、因業《いんごう》な奴だぜ」

仕舞屋の前に立った高田俊平は、吐き捨てるようにつぶやく。

北町奉行の遠山は、俊平に妾宅の警固を命じてきたのだ。

本郷界隈で井谷屋の因業ぶりを知らぬ者はいなかった。俊平の生家である小諸屋も同業ゆえに付き合いがあったが、先代と打って変わった商いぶりには、いつも温厚な父の太兵衛も眉を顰《ひそ》めることがしばしばだった。

しかし、奉行の申し付けとなれば是非もない。

今日は警固始めである。

俊平は午前のうちに周囲を下調べし、一旦奉行所へ戻って雑用を済ませた上で、徹夜の張り込みをするつもりであった。

それに、これは連続殺人鬼をお縄にすることに繋がるかもしれない話である。そう考えれば、自ずと前向きにも取り組めるというものだろう。

「さて……」

己が頬をぱんとはたき、俊平は気を引き締めて戸口に立つ。

当の妾には弁蔵からすでに話がしてあるらしかったが、こちらとしても怪しまれぬように挨拶をしなくてはなるまい。

仕舞屋の前には竹箒《たけぼうき》できれいに掃いた跡があり、塩が盛られている。障子戸の桟《さん》も、埃ひとつなく拭き浄められていた。

妾というと自堕落《じだらく》に過ごしているように思われがちだが、この家で暮らす女は存外に心がけがよいらしかった。主人がそうするように日頃から躾《しつ》けていなくては、雇い人の婆やも掃除や盛り塩を毎朝欠かさぬはずはないからだ。

斯様な女ならば、護衛する甲斐もあると言えよう。

「御免《ごめん》、北番所の者である」

「あい（はい）」

俊平が折り目正しく訪いを入れると、明るい声が返ってきた。

若々しい、珠《たま》を転がすような声色である。

婆やがいると聞いていたが、当の妾が直々に出てくるらしい。

軽やかな音を立てて、障子戸が開かれた。

「！」

そのとたん、俊平は表情を凍りつかせた。

「し、俊ちゃん……」

出てきた女も驚いた顔になっている。

抜けるように色の白い、目鼻立ちの整った細面の持ち主である。かつて本郷で小町《こまち》娘《むすめ》と呼ばれていた評判の美少女は、臈長《ろうた》けた美女に変貌を遂げていた。

井谷屋の妾というのは、俊平の幼なじみだったのだ。

妙《たえ》、二十歳。

ひとつ違いの俊平とはその昔、ままごとで夫婦約束をしたこともある仲だった。

「い、いつから、江戸に……？」

俊平は信じ難い様子で問いかける。

近所で袋物屋を営んでいたお妙の双親《ふたおや》は商いにしくじり、六年前に相州《そうしゅう》の親戚の下に一家揃って身を寄せたはずだった。

お妙は何も答えない。

黙ったまま、その美しい顔を羞恥《しゅうち》に曇らせているばかりであった。

とはいえ、戸口では衆目が気になって話を続けることもできない。

「上がっても構わぬか」

戸惑いながら問いかけた俊平に、お妙はこっくりと頷き返す。

妾宅の中はきれいに片づいていた。

雇い人の婆やはいちいち指示しないと気が利かぬようで、ぬるい茶を淹れてきた後は大きな尻をこちらに向け、台所で居眠りなど決め込んでいる。

家の内も外も整然としているのは、やはりお妙が日頃から気を配っていればこそのことなのだろう。

「何からお話ししたらいいんでしょうねぇ……」

ぎこちなく茶を啜る俊平を見やりつつ、お妙は切なげに吐息を漏らす。

「ともあれ、息災で何よりだ」

「あたしは元気なだけが取り柄なんですよ。井谷屋さんが大枚をはたいて囲ってくだすったのも、ただそれだけのことだもの」

「え」

「後継ぎが入り用だから腹を貸せって、人伝てに申し入れてきたんです。伯父《おじ》さんがたちまち乗り気になっちまったもんで、世話になってるお父《と》っつあんもおっ母《か》さんも反対なんぞできなくって……」

「……」

俊平に返す言葉はなかった。

武家と商家の別を問わず、妾とは当主の色好みだけのために必要とされたわけではない。家の後を継ぐ子どもが本妻との間に恵まれないがために、金ずくで健康な女人を囲うという行為が公認されていたのである。

表向きは奉公人という扱いだが、その実は金で買われたに等しい。

かような境遇を、自ら望む者などがいるはずもなかった。

井谷屋と自分の身内、それぞれの勝手な都合のためにお妙は身を売られて、この家に住むことを強いられているのだ。

「俊ちゃん……」

切なげに呼びかけようとしたとたん、お妙は慌てて口を押さえた。

「ごめんなさい。今は高田様だったよね」

「構わんさ」

俊平はぎこちなく微笑み返す。

「俺は昔のまんまの俊の字さ。役に立てることがあったら、何でも言ってくれよ」

そうは言ったものの、何をしてやれるというわけでもない。

幼なじみとの思いがけぬ再会は、若い俊平にとって苦い出会いでしかなかった。


一刻後、俊平は新大橋の隠居所にいた。

「大変だねぇ、お前さんも」

手ずから淹れた茶を勧めながら、ほうと幸内は溜め息を吐く。

囲炉裏端に座した俊平は、ずっと俯いたままでいた。

井谷屋の妾宅で思いがけない再会をした後、奉行所へまっすぐ戻る気になれぬまま、自然と足を新大橋へ向けていたのだ。

例によって読本を耽読《たんどく》していた幸内は子細を問わず、肩を落として入ってきた俊平を部屋に上げてくれた。お憐は親許に戻っているとのことで不在である。

俊平の問わず語りを、幸内は黙って聞いてくれた。お憐がいれば話しづらいことだったが、男同士であれば素直に明かすこともできる。

また皮肉で応じてくるかと思いきや、幸内の態度は優しいものだった。

「まったく、金四郎さんも罪なことをしなさるもんだ」

「……」

俊平を慰めるつもりで、言ってくれているのだろう。

むろん、誰にでも口にすることができる台詞《せりふ》ではない。遠山と長年の信頼で結ばれている幸内だからこそ、さらりと言えることなのだ。

沈黙したままでいる俊平を、幸内は痛ましそうに見やる。

「まぁ、巡り合わせがよくなかったと思うしかあるめぇよ。こいつぁ、誰が悪いってことじゃないんだからな」

たしかに幸内の言う通りだった。

お妙は一年前、双親がいよいよ金策に詰まったところに持ちかけられた井谷屋弁蔵の話に乗って妾となったらしい。

親のために娘が身を売るのは、孝行とされた時代である。

弁蔵にしても色欲だけで妾を欲したのではなく、店の後継ぎを得たいという目的があればこそ話を持ちかけてきたのだ。

だが、俊平にしてみればたまらないことであった。

かと言って、何ができるわけでもない。

目の前に突きつけられた現実を受け入れるより他にない。そう頭では分かっていても、納得することができなかった。

「お前さんの気持ちは分かるよ」

そんな若者の様を眺めやりつつ、幸内はまた溜め息を吐《つ》いた。

「だけどなぁ、若ぇの。人ってのは変わらなくちゃ生きていけねえもんだよ。そこんとこは心得ておかなくちゃいけねぇ」

「変わらなくては……？」

「そう」

思わず面《おもて》を上げた俊平に、幸内はそっと説き聞かせる。

「お前さんの幼なじみは他に選ぶ道がなかったってことさね。変に気を回したり情けを寄せちゃ、うまくないぜ」

励ます幸内の口調に、押しつけがましさはない。

あくまで柔和に、この若者が今、為すべきことを教えてやったのみであった。

七

かくして気を取り直した俊平は、その日の夕方から警固に就いた。

家には上がり込まず、表に張り込んでいる。町角に身を潜めて明け方まで過ごし、夜食は流しの蕎麦屋や稲荷寿司売りが廻ってくるのを待って済ませた。四月も十日を過ぎており、晴天続きである。この陽気ならば、一晩立ちっぱなしでいても風邪を引き込むことはない。

（必ず引っ捕らえてやるぜ）

俊平はすでに、完全に気持ちを切り替えることができていた。

お妙にはお妙の事情があり、今の境遇に至ったのだ。

そして俊平は町奉行所の若同心として彼女を警固し、凶悪犯を捕らえるために立ち上がった身なのである。

お妙も最初のうちは上がってくれるようにと頻《しき》りに勧めてきたが、俊平が拒むうちに声をかけてこなくなった。

余計な関わりを持ってはなるまいと、俊平は思い定めていたのだ。

寂しいことには違いない。だが、むしろ俊平は、その方が気が楽だった。

もはや、手が届かぬ存在のお妙なのである。いっそ距離を置いたほうが、救われるというものであった。

何事もないままに、数日が過ぎた。

井谷屋弁蔵も遠慮していると見えて、顔を見せずにいる。

代わりに現れたのは、奇妙な小間物屋だった。

身の丈は五尺四寸（約一六二センチメートル）ばかりで、行商を生業《なりわい》とする者の常として腰回りが安定している。

顔はと見れば、きりっとした目鼻立ちの二枚目であった。

（ご隠居の持ってる読本から、そのまんま抜け出てきたみたいだな）

男の俊平が見ても惚れ惚れするほどの優美な外見をしているのみならず、よい香りまで漂わせていた。

小間物屋にとって、妾は上客である。

旦那から小遣いを十分に与えられてはいても自由に出歩くことができぬため、金も閑《ひま》も持て余している。そんな無聊《ぶりょう》の慰めに気前よく買い物をしてくれるため、高価な櫛や簪《かんざし》、白粉《おしろい》や紅を勧めやすいのだ。

お妙も、その点は世の妾たちと変わらないらしかった。

それにしても、日が暮れてから商いに廻ってくるとは些《いささ》か奇妙なことだった。

小間物屋が招じ入れられると、代わりに婆やが表に出てきた。

小太りの老婆は風呂敷包みを提げている。

その辺りへ用足しに出るわけではなく、明らかに帰り支度である。連続殺人に片がつくまでは泊まり込み、お妙に付いているようにと弁蔵から言われているはずなのに、解せないことだった。

気になった俊平は、妾宅の中を覗いてみることにした。

家の間取りがどうなっているのかは、初日のうちに確かめている。

まさか中に入り込むことはあるまいと思っていたが、あの小間物屋がもしもお妙の命を狙ってきたのだとしたら、そのときは躊躇《ちゅうちょ》してなどはいられまい。

無双窓の下に立ち、そっと中を覗き見る。

お妙は不用心にも部屋の襖を開け放ったままでいたため、屋内の様子は窓枠越しにまる見えだった。

上がり框《かまち》から奥へ至るところに、小間物屋の荷物と半纏が放り出されている。

視線を這《は》わせていくと、奥の間が見えてきた。

押し殺した声が漏れ聞こえてくる。

だが、お妙は襲われていたわけではない。

男女の秘め事を未だ知らぬ身であっても、何をしているのかは自ずとわかった。

つま先立ちになったまま、俊平は絶句する。

二人は畳の上に折り重なり、抱擁《ほうよう》し合っていた。

互いに裾を捲《まく》った格好で、熱烈に相手を抱き締めていたのだ。

（何と……）

俊平は言葉を失っていた。

あの小間物屋は、お妙の浮気相手だったのである。

婆やが心得顔で帰り支度をして出て行った様子から察するに、これが初めての浮気というわけではないのだろう。

お妙とはかねてより示し合わせ、男が訪ねてくるたびに口止め料など受け取っては、早帰りを決め込んでいるに違いあるまい。

「……」

声を上げたくなるのを、俊平は辛うじて抑え込んだ。

人は変わるものだという幸内の教えに従えば、お妙のことを無下に蔑むわけにはいくまい。

癒《いや》しを求めずして、人は生きてはいけないのだ。

無理無体に豪商の妾にされた幼なじみの心を慰めることができるのは、あの小間物屋しかいないのかもしれない。

そう思えば、見逃してやるのが情けというものであった。

その翌朝、井谷屋で異変が起こった。

本妻のお梶が、何者かによって殺害されたのだ。

折しも俊平は徹夜明けで組屋敷に戻り、床に就いたばかりだった。

白面《しらふ》のままでは眠るに眠れず、ふだんはほとんど口を付けることもない買い置きの酒を思い切り呷った上での就寝である。

奉行所の小者から急を聞かされた俊平が、重い頭を抱えたまま息せき切って井谷屋まで馳せ参じると、ちょうどお梶の検屍が終わったところであった。

「何をしておったのか、高田っ！」

「妾ばかりに張り付いて、本宅を見落とすとは何事ぞ!!」

先に駆け付けていた先輩同心たちから、手厳しく一喝《いっかつ》されたのも致し方あるまい。

俊平はお妙の警固のみを頼まれていたわけではなかった。

井谷屋の本宅にも危機が及ぶ可能性を踏まえた上で、張り込みの合間に抜かりなく見回るようにと、奉行の遠山より指示を受けていたのである。

同じ本郷の界隈にあり、数町しか離れていないとなれば、俊平一人で両方を見張ることも決して不可能ではなかった。

にも拘わらず妾宅前にばかり張り込んでいて、井谷屋で凶行が引き起こされるのを許してしまったのだ。

「間抜けめ！」

「うぬが如き若輩がしゃしゃり出るから、かようなことになったのだぞ」

先輩同心が口々に叱責するのに対し、俊平は一言も抗弁できない。

一方の井谷屋弁蔵は半狂乱になっていた。

「おお……お梶……」

物言わぬ本妻に取りすがり、衆目も憚らずに泣き叫んでいる。

妾を囲っていたとはいえ、やはり本妻に死なれたことがこたえたのであろう。

俊平はそんな弁蔵を見つめながら、亡骸《なきがら》の傍らに立ち尽くすばかりであった。

詫びの言葉を探そうとしても、一向に出てこない。

ただただ恥じ入るばかりの俊平だったが、己が為すべきことを見失ったままでいるほど愚かではなかった。

「……失礼致す」

号泣する弁蔵に断りを入れ、俊平は亡骸の周囲を見回す。

先輩同心たちは愛想をつかし、とっくに表へ出てしまっていた。

「……む？」

ふと、俊平は怪訝な顔になった。不審な香りを嗅ぎ取ったからである。

あの小間物屋が昨夕に擦れ違ったときに漂わせていたのと同じ、稀少な香木の匂いに違いなかった。

薬種問屋では、さまざまな生薬《しょうやく》を取り扱う。

幼い頃から薬種の匂いの中で育った俊平は、鼻が鋭敏になっている。その香りはお妙の浮気相手の小間物屋が着衣に焚《た》きしめていた、伽羅《きゃら》の芳香《ほうこう》に相違なかった。

奉公人たちの証言によると、逃げ去る下手人は男だったという。

身の丈およそ五尺四寸。細身ながら腰回りの安定した体型は、あの小間物屋に酷似したものである。

「あやつが……」

俊平の双眸に、再び力強い光が宿った。

もはや悔やんでいる場合ではない。

汚名を返上する手がかりを見出したとなれば、後は行動するのみだった。

井谷屋を辞去した俊平は、すぐさま本郷界隈の聞き込みに奔走《ほんそう》した。

こういうときに役立つのが、小諸屋の人脈である。

行商の小間物屋は得意先を諸方に持っている。お妙の住まう妾宅だけにしか出入りをしていなかったということは、まず有り得まい。

「任しときなよ、俊ちゃん」

そう言って、綾はふくよかな胸を叩いた。姉は紅白粉にうるさい質である。界隈を売り歩く小間物屋にどのような者がいるのか、たとえ自分が買い物をしたことはなくても友人知人を通じて承知している。

綾の協力を得て、お妙が贔屓《ひいき》にしていた小間物屋の素性は、翌々日には判明した。

その名は巳之助《みのすけ》、二十八歳。

俊平が裏を取ったところ、千住に小さな店を構える巳之助は、お梶を含めた六人の女が殺された夜、ことごとく留守にしていた。

さらにはお梶殺しの日から戻っておらず、店を開けたままである。

近所の者は別段、怪しんでもいなかった。巳之助は市中だけでなく、御府外《ごふがい》へ行商に出向くことも多いからだ。

また、大川向こうの千住宿に店を構えていたとなれば、これまで奉行所の探索から漏れていたのも無理はない。

本郷界隈にばかり網を張っていたことが、裏目に出たのだ。

こうなれば、もはや俊平一人の落ち度とは言えまい。

北町奉行所は総力を挙げて、巳之助の捕縛に乗り出す運びとなった。

そして、俊平も遠山より格別の許しを得て、探索に加わることを認められるに至ったのである。

「手前《てめえ》の力でここまで盛り返したんだ。定廻の連中にゃ俺から因果を含めてあるから存分にやってみねぇ」

「有難う存じます！」

奉行の期待に応え、俊平は死力を尽くす覚悟だった。

八

品川、板橋、内藤新宿《ないとうしんじゅく》、そして千住は江戸御府内の宿場町で、合わせて江戸四宿《ししゅく》と呼ばれている。いずれも江戸に出入りする旅人たちが往来するのみならず、鼻の舌を伸ばした遊客で大いに賑わっていた。

宿場の旅館には平旅籠《ひらはたご》と食売《めしもり》旅籠の二種類があり、後者では食売（飯盛《めしもり》）と称する女たちが春を売っている。表向きは泊まり客の給仕をさせる女中ということになっていたが、その実は岡場所の女郎《じょろう》と何ら変わらない。

江戸四宿が岡場所に迫る活況を呈する現状に鑑《かんが》み、風紀の乱れを案じた公儀は一軒に付き食売女を二人までと制限した上で、品川宿は五百名、その他は各百五十名と総数を定めていたが、実際は倍以上の数に及んでいる。

それと判っていながら、町奉行所もなかなか手を出せずにいる。宿場町の管理は町人組織の宿《しゅく》役人に任されており、公儀に上納金を納める代わりに自治を認められていたからだ。

宿場としては、潤うために食売旅籠を保護するのは必然だった。表向きは御定法《ごじょうほう》に従っているように見せかけながら、多数の食売女を抱えていたのは半ば公然の事実であった。

公儀の目が行き届かないということは、逃亡した巳之助が身を潜めている可能性も自ずと高いと言えよう。

北町奉行の遠山と南町奉行の筒井は英断を下し、江戸四宿の食売旅籠を総ざらいにしての探索を敢行させた。

とりわけ千住宿が入念に取り調べられたことは、言うまでもない。宿場内に住んでいた巳之助には土地勘もあるし、取り急ぎ身を隠すにはお誂《あつら》え向きの場所だからだ。

しかし、宿役人から反感を買うのを承知の上で強行された南北奉行所の合同捜査も、功を奏さなかった。

「どこに隠したんだ!?」

「言え、言いやがれっ」

俊平は千住中の食売旅籠を駆け回り、主たちを脅しつけて廻ったが無駄なことだった。

どの旅籠の主人も肝が据わっており、若同心の恫喝など意にも介さない。吉原遊廓《ゆうかく》の楼主《ろうぬし》たちもかくやといった、因業親爺《おやじ》ばかりなのだ。

とりわけ、仙三《せんぞう》という男はふるっていた。

「ここは御城下じゃないんですよ、お役人様」

息せき切って問いつめる俊平を軽くいなし、ふてぶてしく嗤《わら》ってみせる。

短軀ながら四肢《しし》が太く、脂ぎった顔に凄《すご》みのある笑みを浮かべていた。

「たまたま怪しい奴が近くに住んでたからって、あらぬお疑いをかけられちまっちゃ迷惑でございます。さ、お引き取りくださいまし」

「おのれ……」

俊平は思わず歯嚙みしたが、手を挙げるわけにはいかない。

見習い若同心の自分が、捜査に加えてもらっていること自体が特例なのである。我を見失って揉め事を引き起こしては、元も子もなかった。

だが、俊平一人が上手くいかなかったわけではない。

熟練の先輩同心たちも宿場町では勝手が分からず、巳之助の姿はどこにも見出せぬまま、探索は空振りに終わったのであった。

どうあっても見つけ出せないとなれば、とりあえず江戸から出さぬようにして刻を稼ぐより他にない。

千住はもとより板橋、品川と御府外へ通じる大木戸はすべて封鎖された。

しかし、袋の鼠《ねずみ》にしたとはいえ江戸は広い。

消えた巳之助の所在を突き止めるべく、南北町奉行所の廻方同心たちは抱えの岡っ引きを総動員して探索に当たっていたが、未だに功を奏してはいなかった。

番方若同心に抱えの岡っ引きはいない。俊平は巳之助の行方を追って、独りで江戸市中を毎日走り回っていた。

(逃さねぇ……)

こたびばかりは宇野幸内に頼ることなく、あくまで自力で事件を解決しようと俊平は決意を固めている。

新大橋の隠居所には、決着が付くまで足を向けるまいと心に決めていた。

九

それにしても、暑い。

俊平は黄八丈の袷に替えて木綿物の単《ひとえ》を着けるようにしていたが、きつい陽射しの下を日がな一日歩き回れば下帯まで汗みずくになってしまう。

今日も奉行所を出て一刻も経たぬうちに、半襦袢《はんじゅばん》がじっとりとし始めていた。

「ふう……」

日本橋《にほんばし》の上に立った俊平は、眩しげに空を振り仰ぐ。

頭上から照りつける陽射しは、初夏を思わせるほどにきつい。

眼下を流れる日本橋川も、心なしか水嵩《みずかさ》が減ってきているように見えた。

雨に祟《たた》られるよりは遥かにましだが、晴天ばかりが続くのも辛いことだった。

一向に手がかりは見出せぬまま、刻ばかりが過ぎ去っていく。

焦《じ》れた面持ちで、俊平は再び歩き出す。

と、その目の前に大小の影が伸びてきた。

橋の反対側から、二人連れの男が歩いてきたのである。

「ご隠居……」

燦々《さんさん》と降り注ぐ陽光の下で微笑んでいたのは、宇野幸内だった。

涼しげな麻の帷子《かたびら》に絽《ろ》の黒羽織をさらりと重ね、帯前に小刀のみを差している。

散歩に出てきたかのような、寛いだ装いであった。実際のところ、新大橋から日本橋までは徒歩で半刻とはかからない。

「ご苦労さんだね、若いの」

「如何なされたのですか」

心なしか俊平の態度は硬い。もはや頼らぬと決めた以上、甘えた顔など見せるまいと気を張っているのだ。
対する幸内は笑みを浮かべ、平然としていた。
「なに、お前さんにちょいと助っ人《すけっと》をと思ってね」
そう言いながら、後方に向かって軽く頷いて見せる。
幸内には連れがいた。十ばかり年上と見受けられる、初老の男だった。
その男が前に進み出たとたん、俊平ははっとした。
白髪頭の老爺《ろうや》かと思いきや、身の丈は自分とほとんど変わらず、六尺に近い。
腕も足も際立って太かった。
腹も力士と見紛うほどに大きく迫《せ》り出した、まさに巨漢《きょかん》である。向き合ってみると
肉の壁が立ちはだかったかのようであった。
「お初にお目にかかりやす」
地の底から沸き上がるような、重々しい声である。
政吉《まさきち》、六十歳。
現役の与力だった頃、幸内に仕えていた鑓持《やりも》ちだ。
武家の職制である与力・同心は、戦国乱世の軍制に準じている。
身分として足軽格の同心に対し、小隊の指揮官に当たる与力は自前の馬と鑓を所有
することを認められている。ために与力たちは荷物持ちの中間だけでなく、鑓持ちと

呼ばれる奉公人を召し抱えていた。

いざ合戦となれば主人に付き従い、鑓を担いで騎馬と伴走《はんそう》する役目だけに屈強な者でなくては務まらない。この政吉は還暦《かんれき》を目前にした今も、往時と変わらぬ剛力自慢であると幸内は明かしてくれた。

「この政吉を、お前さんに付けてやろう」

「ご隠居……」

思いがけぬ申し出に、俊平は迷いを隠せない。

有難いことではあったが、そのようなことをしてもらう謂《い》われはなかった。

「まぁ、そう嫌そうな顔をしなさんな。じじぃってのは、どいつもこいつもお節介なもんなんだよ」

幸内は苦笑しながら、説き聞かせるように語りかける。

「この政吉には昔、捕物の手伝いもたびたびしてもらってたもんでな……。鑓を担いで供をするより、事件を嗅ぎ回るのがすっかり気に入っちまってるんだ。俺が隠居したとき閑《ひま》を出したんだが、こんどの話をしたら乗り気になっちまってなぁ」

「そういうことでさ、若旦那」

政吉は叩頭《こうとう》すると、陽に焼けた顔を綻ばせた。

寺門の仁王像ばりの厳めしい造作が、たちまち人懐っこいものに一変する。

「じじぃの我儘《わがまま》と思って、ひとつ手伝わせてやっておくんなさいまし。これでも年の功ってやつで、諸方に手蔓《てづる》がございますんでね」

「手蔓とな」

「宇野の殿様に拾っていただく前《めえ》にゃ恥ずかしながら、破落戸《ごろつき》どもを束ねて彼方此方《あちこち》の盛り場を締めて廻っていたもんでね……。その頃にゃ、金四郎って名乗っていなすった北のお奉行様とも、ご昵懇《じっこん》にさせていただいてたもんでさ」

「何と……」

「お任せくだせぇ」

頼もしげに一言告げると、政吉は踵を返す。

背筋をすっと伸ばした後ろ姿は、とても齢《よわい》六十とは思えぬものだった。

「安心しねぇ、若いの」

悠然と歩き去っていく老巨漢の背中を見送りながら、幸内はつぶやいた。

「政吉が若え頃《わけ》に可愛がってた連中は、今じゃ方々の盛り場でいい顔になってるはずだよ。巳之助って男が何処《どこ》に潜んでいやがろうと、居場所を探り出すのにそうそう時はかかるめぇ。その間に、事の経緯を洗い直してみようじゃないか」

戸惑う俊平にそう告げると、幸内は政吉が去って行ったのとは反対側——日本橋の北詰へ向かって歩き出す。

俊平は押し黙ったまま、幸内の後に続くのだった。

日本橋の雑踏を抜けた二人は神田を経て、本郷へ向かっていた。

当て所《ど》なく市中を走り回っていた俊平の目を再び井谷屋に向けさせるため、幸内はわざわざ足を運んできたのであろう。政吉に探索を任せた上で、こたびの連続殺人を発端から推理し直させようというつもりなのだ。

しかし、当の俊平は釈然としないままだった。

「……ご隠居」

肩を並べて歩きながら、俊平は問うた。

「ご助勢は忝なき限りに存じますが……巳之助めをお縄にする役目は何卒《なにとぞ》、拙者にお任せ願いまする」

「そんなことは、わざわざ断りを入れるまでもないだろうが」

前を向いたまま、幸内は静かに微笑む。

「俺ぁもとより隠居の身よ。最初《はな》から出しゃばろうとは思っちゃいねぇ」

「されば、何故にご助勢を？」

もしかすると奉行の遠山から頼まれたのではないか。俊平はそう問いたげな眼差しをしていた。

「年寄りは世話焼きだって言っただろうが。それだけのことさね」

「……」

「まぁ、ひとつだけ言わせてもらおうか」

立ち止まった幸内は、じっと俊平を見返す。齢を重ねたぶんだけ目尻に皺が寄ってはいたが、凛《りん》とした涼やかな双眸であった。

「お前さんは……いやさ、町方の連中はみんな巳之助をお縄にすることだけしか頭に無《ね》ぇようだがな、若ぇの。下手人が誰なのか決めつける前に、井谷屋のご新造さんがどうして命を奪《と》られたのかってことを、先に考えたほうがいいんじゃねぇのかい」

「何と申されます？」

「まずは俺の推量を聞いてくんな」

「……は」

俊平を一言で黙らせると、幸内は静かな声で問うてきた。

「お梶が殺《や》られたとき、お前さんはどこにいたんだっけ、若ぇの」

「井谷屋の……妾宅です。常の通りに一晩中、表に張り込んでおりました」

「で、お妙って妾はずっと家ん中にいたのかい」

「間違いありませぬ」

「だけど、中に踏み込んでたしかめたわけじゃないんだろう？」

「それは……」

「つまり、お妙が家を空けなかったとは言い切れねぇわけだ」

「さ、されど！」

俊平は必死で抗弁した。

幸内の口ぶりは、まるでお妙を疑っているかのようである。

間違いなく殺しの当夜、彼女は妾宅から一歩も外に出てはいない。巳之助を送り出して戸締まりをし、奥の部屋に引っ込む様を、こちらは遠目に見届けているのだ。

何故にお妙のことを不審がるのかが、俊平には理解できなかった。

「なるほどねぇ……」

当夜の状況を聞き終えると、幸内は頭を振った。

「しかしな、妾宅を出たのが巳之助だったとは限らないんじゃねぇのかい」

「馬鹿な」

俊平は目を剝いた。

殺しの現場に残されていた伽羅の芳香は、巳之助のものに違いないはずである。

「あれこそ動かぬ証拠にございましょう、ご隠居」

「それこそ思い込みってやつだよ、若いの」

必死で言い立てる俊平に対し、幸内はさらりと背中越しに一言返す。

「匂いってのは、一緒に過ごしていれば自ずと移るもんだぜ。伽羅みてぇに強い香りなら、なおさらのこった」

「え」

俊平は愕然とした。

幸内が何を言わんとしているのか、ようやく気づいたのだ。

巳之助の正体が「百化け」の異名《いみょう》を取る殺し屋であるらしいことは、すでに南北の奉行所でも察しをつけていた。

そして、老若男女に自在に化けおおせる術者ならば殺しの当夜、お妙になりすますことも容易いはずだった。

井谷屋に忍び込んでお梶を刺し殺したのは巳之助ではなく、彼と入れ替わったお妙だったのではないか。そう幸内は判じているのである。

「人の話は最後までしっかり聞くもんだぜぇ、若いの」

思わずふらつきそうになった俊平に向き直るや、幸内は肩を摑んできた。細身の体に似合わぬ、強い力である。

「幼なじみを庇《かば》いてぇって気持ちは判る。俺だって、できればこのまんま目を瞑っていてやりてぇやな」

「ご、ご隠居……」

「人様を好んで仕置《しおき》に掛けてぇなんて、俺ぁ一遍だって考えたことはねぇ。そもそも人が人を裁くってことが、間違っているんだからな」

いつしか幸内の口調は熱を帯びていた。

「だけどよ、このまんまじゃ亡骸《おろく》にされちまった井谷屋のお梶が……いや、他の五人のご新造さんたちが浮かばれねぇ。そうだろうが？」

「は……」

俊平はもつれそうになる足に力を入れ、辛うじて踏みとどまった。

本郷はもうすぐそこである。

井谷屋の妾宅前まで来てみると、辻駕籠が停まっていた。

「すまねぇが、ちょいと外してくんな」

柔和な顔で告げながら、幸内は駕籠かきたちにそっと小銭を握らせる。

大人しく脇へ退《ど》いてくれたのに頷き返すと、幸内は前に進み出た。

やむなく、俊平も肩を並べて無双窓の下に立つ。

妾宅の中では、井谷屋弁蔵が悄然と肩を落として座り込んでいた。

一気に何歳も老け込んだかのような様子である。

その横には、お妙がぴったりと寄り添っていた。

「お気をしっかりしてくださいまし、ね？」

長火鉢の前に座らせた弁蔵の手をさすりながら、優しく呼びかける様は堂に入ったものだった。

美しい愛妾の面に邪悪な色が差しているのに、しょんぼりとしたままでいる弁蔵は気づいていない。

幸内は無言で踵を返す。

俊平も声を出すことができぬまま、戸口の前から離れていった。

十

新大橋の隠居所に戻ってきたとき、すでに日は暮れていた。

「政吉さんがお出でですよ……だいぶお疲れみたいです」

二人を出迎えながら、憐は小声で告げる。

果たして政吉は囲炉裏端で居眠りをしつつ、幸内と俊平の帰りを待っていた。憐の話によると、一刻も前にやって来たという。

今日のところは、おそらく空振りだったのだろう。

もとより俊平も齢六十の老爺に過大な期待などはしていない。自分のために動いてくれているというだけでも、十分に有難いと思っていた。

足音を殺し、二人は囲炉裏端に腰を下ろす。

と、政吉がおもむろに目を開けた。

「……目ぼしが付きやしたぜ」

大きな欠伸《あくび》をひとつすると、すっと背筋を伸ばしてみせる。

「随分と早かったじゃねぇか、え？」

「昔取った杵柄《きねづか》ってやつでさぁ」

思わず感心した声を上げる幸内に、政吉は自信ありげに微笑み返した。

「お町の旦那方が見つけられねぇのも無理はありやせんぜ、殿様。巳之助は千住の岡場所に居《お》りやしたよ」

「ま、真実か？」

「大当たりでござんしたよ、若旦那」

驚く俊平に、政吉はにっこりと微笑み返す。

「てめぇの家のすぐ近くに身を潜めるってえのは、悪《わる》がよく使う手でしてね。探りを入れてみたら案の定ってやつでした」

「されど、岡場所ならば疾うに……」

俊平が疑義を呈したのも当然だった。

巳之助が姿を消して早々に、南北町奉行所の廻方同心たちは江戸四宿すべての食売旅籠へ踏み込んで、徹底した宿改めを行ったはずである。

むろん、千住宿も例外ではない。

政吉は如何にして、いないはずの巳之助を見つけ出したというのか。

俊平の疑問に対する答えは、幸内の口から明かされた。

「女の形《なり》で潜んでいやがったんだろう、政」

「お分かりですかい」

「俺の頭も、まだまだ錆びついちゃいねぇよ」

飄々として言い返すや、幸内は続けて問うた。

「巳之助を匿《かくま》ってる食売旅籠ってのは、どのみち後ろ暗《ぐれ》ぇとこなんだろう？」

「お察しの通りでさ」

我が意を得たりとばかりに、政吉は微笑む。

「主は仙三ってんですがね、覚えておいでですかい、殿様」

「あの因業野郎かえ？」

「へい。その昔に殿様からきつく釘を刺されてからは、女たちにゃ酷《むご》い真似を手控《てびけ》えているようですが、血の気が多いところは相変わらずでござんしてね」

「三つ子の魂百までってことかい」

幸内は苦笑しながら、さらなる存念を述べた。

「どうせ仲間内の揉め事に巳之助を駆り出して、弱みを握られたってとこだろう」

「ご明察でごぜぇやす。以前《まえ》に商売敵《がたき》の始末を頼んだことをねたに脅されて、やむなく引き受けたってことでしたよ。お町の旦那方にゃくれぐれも内密にって約束で、事の次第を明かしてもらいやした次第でして」

「ま、俺ぁ隠居の身だから構わんだろう」

　幸内はそう言うと、にやりと笑った。

「巳之助は女に化けた上で、病で臥《ふ》せっているってことにして、布団部屋に匿われておりやす」

「つまりは、ほとぼりを冷まそうってわけだな」

「五人も殺《や》りやがった後ですからね。慌てて江戸から逃げたところで捕まっちまうと腹を括って、仙三の弱みに付け込んだんでしょう」

「なるほどなぁ……。それで政よ、巳之助は誰に殺しを頼まれたかは、仙三に言っちゃいねぇのかい」

「へい」

　政吉は、ちらりと俊平を見やる。何やら気遣っている様子だった。

「構わんさ」

　幸内は、政吉を促すようにして重ねて問いかけた。

「殺しを頼んだのは妾のお妙……違うかい？」

果たして、政吉はこっくりと頷き返した。

「金は後払いってことで引き受けたそうでさ。ただならぬ仲になったのも、妾のほうから持ちかけてきたんだそうで……」

言いにくそうにしながらも、政吉はもはや遠慮してはいなかった。

「いや、上出来だったよ。ご苦労さん」

労いの言葉をかけると、幸内は傍らの俊平に向き直った。

「聞いての通りだぜ、若いの。巳之助を匿いやがった仙三ってのも相当な悪には違いねぇんだがな、今度ばっかりは目を瞑ってやってくんねぇ」

「は……」

頷く俊平の態度は弱々しい。

政吉の調べが的を射ているであろうことに、首肯できぬわけではない。

さすがは幸内が太鼓判《たいこばん》を押すほどの探索ぶりだと、舌を巻いてもいた。

それでも幼なじみのお妙が井谷屋の本妻を殺した真の下手人だということを、まだ本心から認められずにいるのだ。

しかし、いつまでも我を張り続けるわけにはいかなかった。

「もうひとつ判ったことがありやすぜ」

そう前置きをすると、政吉は淡々と語った。

「巳之助は太ぇ金蔓《かねづる》ができたから案じるには及ばねぇ、十分に礼はさせてもらうって仙三に言っているそうなんでさ」

「金蔓だと」

「もうじき井谷屋の妾が本妻に納まるはずだから、幾らでもせびり取れる。こっちも危ない橋を渡った甲斐があるってね」

「それは前の五件の殺しのことかい」

「その通りでさ」

政吉は頷くと、ふいに厳しい表情になって言った。

「巳之助が五人も手に掛けやがったのは、井谷屋のご新造さんだけを殺《ばら》したんじゃ、妾の差し金じゃねぇかって疑われるからだったんでさ。六人続けて亡骸にされたうちの一人ってことになりゃ、誰もお妙って妾が怪しいとは思わねぇはずですからね」

「ひでぇな……」

「当の巳之助は涼しい顔をしているそうですぜ、殿様。何しろ、ご新造を自分の手でぶっ殺したい一念で知恵を絞り、絵図を描いたのはお妙って妾なんだから、手前の命惜しさに幾らでも金を出すに違いねぇって踏んでいるらしいでさ」

「それにしても、とっときのねたを仙三にばらすとは、いったいどういう料簡なんだろうな」

「強気に出ているようでいても、やっぱり巳之助は不安なんでござんしょう。もしも仙三が駆け込み訴えでもやらかしちまったら、元も子もねぇですからね。仙三には相当の口止め料を後から払うって約束しているようでございますよ。結局、仙三の奴は金よりも我が身を守ることを選んで、わっちに事の次第を明かしてくれたってわけなんですが」

二人の遣り取りを、俊平は漉《す》きたての紙のように白い顔で黙って聞いている。

何もかも認め難い、忌《い》むべきことばかりであった。

真の下手人は俊平の幼なじみである、お妙だったのだ。

標的であるお梶の死を連続殺人とごまかし、自らが井谷屋の後妻に納まるために仕組んだ偽装殺人だったのである。

妾宅の前に俊平が張り込んでいるのを承知の上で、わざと目を惹くように巳之助を中に引き込み、入れ替わったのだ。

彼女は俊平の同情を買い、証人として体よく利用したのである。

政吉の聞き出してきたことが事実とすれば、そう認めざるを得まい。

俊平の顔色が次第に青黒くなっていく。

幼なじみに寄せた信頼を無惨にも裏切られた若者は、抑えきれぬ怒りを覚え始めていた。

「どうしたい？」

「……」

様子がおかしいのに気づいた幸内が問いかけても、俊平は無言のままだった。

膝脇に置いていた刀に、おもむろに手を掛ける。

と、その鞘が静かに引き下ろされた。気づかぬうちに、幸内が俊平の刀を押さえていたのだ。

「待ちな、若いの」

「ご隠居……」

「町奉行所がやっていいのは、悪事を働いた奴にお縄をかけることだけだ。それより先はしちゃいけないよ」

淡々と語りかけながら、幸内は取り上げた刀を返して寄越す。

「巳之助は俺が引き受ける。お前さんは本郷へ行きな」

十一

同日の夜半、妾宅の板戸が音を立てて蹴破られた。

俊平は有無を言わせず婆やを押し退け、土足のまま屋内へ踏み込む。

「な、何なのっ!?」

はっと顔を上げたお妙の耳朶を、気合いに満ちた一声が打った。

「井谷屋弁蔵が奉公人、妙に相違あるまいな!」

「何を言うんです、今さら……」

「黙れい」

刹那、びゅっと十手が唸りを上げた。

俊平が奉行所へ立ち戻って持参した、捕物用の長十手である。

「し、俊ちゃん……」

眼前で寸止めされた長尺の棒身を、お妙は信じ難い面持ちで見上げている。

すべてを覚り、慌てたときにはもう遅かった。

お妙の背後を取った俊平は、その利き腕を高々と捩り上げる。

そして膝を背中に押し当て、お妙を畳の上に倒し込んだ。

うつ伏せにさせると同時に、左腕を膝で押さえ付け、体重を乗せて動きを封じる。

「痛いっ」

もはや大げさな悲鳴を上げても無駄だった。

俊平は十手を横ぐわえにするや、袂から小さく束ねた捕縄を取り出す。

長さ二尋半《ひろはん》（約三メートル）の縄は同心や岡っ引きが携行する捕縄の中でも、早縄《はやなわ》と呼ばれる種類のものである。

対手の抵抗を封じ、連行できる状態にする捕縄術は、十手御用に携わるすべての者たちにとって必須《ひっす》の技とされていた。犯罪人の捕縛だけに限らず、戦国乱世の合戦場では敵を生け捕りにするために用いられたことから、武士の間にも普及している。

町奉行所同心の組屋敷が集まっている八丁堀には捕縄と十手の扱い様《よう》を教える道場があり、同心たちはもとより岡っ引きや下っ引きも、日頃から熱心に通い詰めて稽古を重ねていた。

俊平は天然理心流の剣術修行に励むと同時に捕縄術にも取り組んでおり、いつも口うるさい先輩同心連中が舌を巻くほどの技を身につけている。

その縄さばきは素早く、正確そのものだった。

捻り上げた両腕を背中で重ねて縛り、右の二の腕に掛けて絞め上げる。

「この野郎！　ど、どういう料簡だいっ!?」

裾を乱して両足をばたつかせながら、お妙は声を限りに叫んだ。

切れ長の双眸は吊り上がり、夜叉《やしゃ》を思わせる形相《ぎょうそう》と化している。

「離せ、離しやがれっ！」

しかし俊平は、動じるどころかまったく取り合わない。

輪にした縄を、青筋の浮き上がった首に廻す。

むろん窒息せぬように加減してあったが、お妙が暴れれば暴れるほど絞まるようになっていた。

「動かぬことだ。さもなくば、己が力で縊《くび》れ死ぬことになるぞ」

淡々と言い渡し、お妙がひるんだ隙を突いてさらに左の二の腕に縄を掛ける。

両手首のところで、俊平はきっちりと結び目を作った。

まだ下手人と決まっていない者に対しては、たとえ縄を打っても結ばないのが作法とされている。もしも対手が無実だった場合、いわれなき侮辱を与えたとして逆に訴えられかねないからであった。

つまり、こうして結び目を作ったことにより、俊平はお妙を殺しの下手人と認めたことになる。

確信を持った上で十手と捕縄を持参し、お妙を捕縛したのである。

「立ちませい」

自由を封じたお妙を、俊平は素足のまま冷たい土間へ引きずり下ろした。

「井谷屋には追って沙汰《さた》を致す。その旨、疾く知らせよ」

おろおろしている婆やに言い置き、俊平は表に出た。

妾宅の前には、騒ぎを聞きつけた近所の人々が集まってきていた。

どの者も一様に冷たい表情を浮かべている。

御成先御免の町方同心が板戸を蹴破って突入し、縄目を結んだ上で連行しているとなれば、自ずと状況は察しがつく。

それでも、お妙は神妙に振る舞おうとはしなかった。

「何見てんだいっ、お前ら！」

お妙は表情を歪ませて、口汚く罵《ののし》る。

「あたしが井谷屋の蛀じじぃの囲い者《もん》だってのは、もう先からどいつもこいつも承知の上だろうが！　へん、珍しそうに見るんじゃないよ!!」

髷も裾も乱れに乱れ、かつての美しい造作は見る影もない。

怒りと恥辱に狂った、見苦しいばかりの顔に成り果てていた。

「静かにせえ」

告げる俊平の顔に表情はない。一切の感情を抑え、捕縛した下手人を最寄りの番屋へ速やかに引っ立てていくことのみを考えていたのであった。

かくしてお妙が連行された頃、宇野幸内は千住大橋を渡っていた。

目指す先は千住宿——巳之助が身を潜める食売旅籠である。

夜半《よい》の宿場は、宵っぱりの人々で賑わっていた。

遊客たちの人垣を速やかに通り抜け、幸内は目当ての旅籠の前に立つ。

まだ現役の与力だった頃に取り締まりで踏み込み、因業な主人の仙三を思い切り打ち据えて以来の訪問だった。

かつて鬼仏と恐れられた幸内の姿を目にしたとたん、仙三は顔色を失った。

「う、宇野様……」

「久しぶりだったなぁ、仙三」

動揺した声を上げる旧知の男を凛と見返し、幸内は静かに語りかける。

「安心しな。今の俺ぁ一介の隠居の身さね。政の奴はお前さんとの約束を反故《ほご》にしたわけじゃねぇ。じじぃ同士の茶飲み話で耳にしただけのこった」

「で、では、何のためにここへ……」

「隠居の気まぐれとでも思ってくれりゃいいさ」

軽くうそぶきながら、幸内は帯びた刀の目釘をたしかめる。

「まさか、巳之助を……」

「俺がこれからやることたぁ、町方にゃ他言無用に願うぜ。そうするのが、お前さんの身のためだからな」

「へ、へいっ」

かしこまりながら首をすくめた仙三は、無言で幸内を奥へ案内する。

布団部屋の板戸は固く閉じられていた。

無言のまま幸内が頷くと、仙三はあたふたと帳場へ逃げていく。

その姿を尻目に、幸内は板戸を引き開けた。

夜着にくるまった女が一人、煎餅《せんべい》布団の上に長々と横たわっている。

「邪魔するぜ」

一声告げても、女は返事をしなかった。こちらに背中を向けたままで、知らん顔を決め込んでいる。

その背に向かって、幸内は低いがよく通る声で呼びかけた。

「観念しねぇ、百化け」

だが、その言葉にも、横たわる女は動じようともしなかった。

「……何のことです、旦那？」

とぼけた声で答えながら、女――巳之助はゆるゆると向き直る。

鬘《かつら》と入念に施された化粧で、見事に美しい女人に成りおおせていた。

夜着の下から這い出てきたとき、巳之助は派手派手しい長襦袢を纏《まと》っていた。

どこからどう見ても、艶っぽい中年増そのものである。

「わっちは具合が悪いんです。先日も宿改めのお役人にそう申し上げましたら、大事にせえとお言葉を頂戴いたしましたよ」

「作りもんの色香に迷って、かい？」

幸内は鼻で笑うと、淡々と言った。

「切羽《せっぱ》詰まった者の尻馬に乗って荒稼ぎしようとは、よくねえ料簡だ」

刹那、薄闇の中を銀光が奔《はし》った。

幸内は左腰に帯びたままでいた刀を抜き打ち、長襦袢の前を断ったのだ。

見事に両断された扱《しご》き帯が巳之助の足元に落ちたときには、もう幸内の一刀は鞘の内に納まっていた。

「く！」

巳之助が呻きを上げる。

長襦袢の前が割れて露《あら》わになった裸体は、実に奇怪なものだった。

驚いたことに男と女の特徴を兼ね備えたものだったのだ。

半陰陽《はんいんよう》——俗に「ふたなり」と呼ばれる両性具有《ぐゆう》者である。

巳之助は単に変装が得意だっただけではない。その特殊な身体的特徴を活かし、男と女を自在に演じ分けることによって、数々の殺しを働いてきたのだ。

「お前さんも罪な真似をしすぎたな、百化け」

「ほざけ」

百化けは完全に開き直っていた。

体の前を隠しもせず、密かに持っていた短刀をすらりと抜く。

「隠居じじぃのおいぼれに、この百化け様が叩っ斬れるわけがあるめぇ」

「言うじゃねぇか」

幸内は脅し文句など一向に取り合わず、刀を中段に構えたまま前へ出る。

「いいのかよ？　後悔するぜ。俺様にゃ、でかい後ろ楯があるんだ」

迫り来る幸内の動きに合わせて後退しつつ、百化けは告げた。

「こちとらの抱え主様はよぉ、町方なんぞの手が及ばねぇ御方なんだぜ。悪いことは言わねぇから、このまんま大人しく引き上げろい」

「……そいつぁ剣呑《けんのん》なこったな」

幸内は静かにつぶやくや、すっと刀を引いた。

百化けは、殺し屋にしては甚《はなは》だ口が軽い手合いである。過去の仕事をねたに仙三を脅迫して匿わせたばかりか、密告されぬよう保険をかけるためにお妙が金蔓になる件を持ち出すとは、仁義に反するにもほどがあろう。

とはいえ、その自信に満ちた態度は気になるものだった。

幸内は何を思ったのか、黙ったままゆっくりと刀を納めた。

「最初からそうやって素直に出ればいいんだよ」

にっと笑うや、百化けも短刀を仕舞う。

断ち切られた扱きの代わりに細帯を拾い、長襦袢の前を閉じる。

そのまま何食わぬ顔で百化けが布団部屋から出て行こうとした刹那、幸内は呼びかけた。

「待ちな」

「俺をこのまんまにしておいて、仙三を殺して逃げるつもりなんだろ」

「知ったことかよ」

百化けは五月蠅《うるさ》そうに言った。

「千住宿を抜け出すのも面倒なんで飯盛になりすましたんだが、こちとら黴臭《かびくせ》え布団部屋にもいいかげん飽きがきてたんだ。お節介なじじぃが乗り込んできやがったのを幸いに、いよいよ抱え主様に匿ってもらうとするよ……。裏切り者《もん》の始末は行きがけの駄賃ってとこさね」

「そうはいくかい」

鋭く宣した次の瞬間、幸内は俊敏に体《たい》を捌《さば》いた。

同時に、百化けの五体が躍り、幸内に襲いかかる。

狭い屋内で戦うときには、長い刀が必ずしも有利とは言えない。むしろ己が動きを阻まれてしまって、不利になりかねない。

しかし、必殺を期した百化けの短刀は脾腹を抉るには至らなかった。

幸内は百化けが近間《ちかま》へ踏み込んでくるのを待って急角度に抜き打つや、一刀の下に斬り捨てたのだ。

居合とは接近戦においても、有効な手なのである。

「今度はまともに生まれ変わってこい……体《たい》はどうあれ、心だけは人様らしくよ」

血濡れた刃に拭いをかけながら、幸内は手向《たむ》けの言葉を送るかのようにつぶやいた。

十二

翌朝、本郷界隈で六人が犠牲となった連続殺人の下手人として、お妙なる妾が北町奉行所に捕縛されたとの報告が、公儀の目付を務める鳥居耀蔵の許へもたらされた。

かつて南町の名与力だった宇野幸内がまたしても事件解決に一役買い、千住宿にて百化けを成敗してのけたという話も、すでに鳥居の知るところとなっていた。

「巳之助が殺《や》られたとは真実か」

「残念ながら……」

鳥居に急を知らせたのは、配下の御小人《おこびと》目付だった。

かねてより鳥居は配下たちを江戸市中の諸方に放ち、老中首座の水野越前守の意向を汲んで奢侈の取り締まりをさせている。

さらには自らが密かに雇い入れた殺し屋——百化けの巳之助の行動を監視することも抜かりなく務めさせていた。

その百化けが、あえない最期を遂げてしまったのだ。

「……余計な真似をしおって」

鳥居は腹立たしげに吐き捨てる。

せっかくのお膳立てが台無しとなったことに、腹の底から苛立ちを覚えていたのだ。

そもそも、こたびの話を持ち込んできたのは百化け自身であった。

本妻を亡き者にしたがっている愚かな妾を利用すれば、公儀に対して何かと不遜《ふそん》な態度を取る井谷屋を弱らせ、潰してしまうこともできる。

百化けは自分の罪を見逃してもらう代償にと、かかる企みを申し出てきたのだ。

かねてより井谷屋が目障りだった鳥居にしてみれば、渡りに船である。

それが幸内の働きによって、御破算になってしまったのだ。

もとより、鳥居には百化けを助命してやろうという気など毛頭なかった。

お妙のほうは好きに泳がせておいて井谷屋を弱体化させ、百化けのほうは利用したあげくに満を持して捕縛し、目付たる自分の手柄にするつもりだったのだ。

そこにしゃしゃり出てきた隠居与力の宇野幸内は、お節介にも百化けを斬り捨てたばかりか、北町の若同心にお妙を捕らえさせたという。

幸内のせいで、鳥居の目論見はことごとく潰《つい》えたと言えよう。

だが、いつまでも憤《いきどお》っているばかりでは埒が明かない。かくなる上は、次の策を弄《ろう》するより他になかった。

天保の世を混乱させるために。そして、自らが密かに引き起こした世情の不穏の種を首尾よく収拾してのけることによって、目付・鳥居耀蔵の名声を高めるために――。


かくして百化けはいなくなり、お妙の詮議《せんぎ》が進められた。

主人の本妻殺しは大罪だ。

支離滅裂な弁解は一切受けつけられず、不届き至極《しごく》と断じられた彼女は引き回しの上で獄門《ごくもん》に処される運びとなったのである。

お妙の往生際は、この上なく悪かった。

「聞いとくれよ、みんな！」

獄衣の上から高手小手《たかてこて》に縛られた悪女は、身動きの取れぬようにされたまま裸馬に乗せられて刑場へと向かっていく。

脂気のすっかり抜けた切り髪を振り乱し、道行く人々に我が身の不幸を訴えながら泣きわめくばかりであった。

「あいつらは寄って集《たか》って、あたしを台無しにしやがったんだー!!」

親族を、井谷屋を、さらには癒してもらったはずの巳之助までも呪っている。

これまでに自分に拘わったすべての人々を罵らなくては、気が済まないのだ。

「八丁堀の高田って同心野郎も、とんだ大悪《おおわる》だよっ。あたしに縄を打つとき、散々にいたぶって手籠《てご》めにしたんだから！　ほんとだよっ‼」

だが、それを聞いている野次馬たちは、ただ眉を顰《ひそ》めるばかりであった。

もとより、誰一人としてまともに聞いてはいない。

折悪しく引き回しの順路に来会わせてしまったらしい子連れの母親は、我が子の目と耳をそっと塞《ふさ》いでやっている。

お妙は血走らせた目を剝き、憑かれたように叫び続けていた。

「こんなことなら、生まれてこなきゃよかったよ！」

「……」

思うままに悪口雑言と嘘八百を吐き散らし、往生際の悪さを憚ろうともしないお妙の様子を、俊平は物陰に立ち、いたたまれぬ様子で見つめていた。

「あれじゃあ、行く先は地獄しかないだろうよ……」

俊平の傍らで、幸内も痛ましげにつぶやく。

「お前さんも知ってるだろう、若いの？　仏の教えじゃ、手前の生まれ出ずる源《みなもと》ってのを貶《おとし》める奴は救われねぇもんだそうだ。ここまでくりゃ、自業自得と言うより他にないさね」

「ご隠居、拙者は……」

「行こうや」

俊平の肩をひとつ叩くや、幸内は先に立って歩き出す。

二人は肩を並べ、新大橋へ向かう道を辿っていった。

五月を迎えた空は晴れ渡っている。

鷗が気持ちよさそうに飛び交う様を横目に、二人は橋桁を踏みしめた。

「実はなぁ、若いの」

新大橋を渡りながら、幸内は問わず語りで明かしてくれた。

「俺んとこの憐だけどな……あれも実は妾奉公をさせられてた身なのよ」

「え!?」

思わず俊平が足を止めると、幸内も立ち止まった。

五月晴れに煌めく川面を見下ろし、穏やかな目でつぶやく。

「食い詰めた親のために身を売ったたってぇのはあの女と同じだが、恨み言ひとつ口にしやしねぇ。まぁ、そんな娘だから、俺も放っちゃおけなかったんだがな」

「……されば、ご隠居は」

「安心しねぇ。指一本触れちゃいないよ」

にっと微笑むと、幸内は再び歩き出す。

後に続く俊平の耳に、からりと明るい声が飛び込んできた。

「お前さん、その気があるんだったらいつでも口説いてみな。遠慮はいらんぜ」

「そ、そんな……」

「おやおや、赤くなったね」

からかう口調も朗らかそのものである。

それは俊平に対し、好意を覚えていればこその態度だった。

やがて二人の前に、見慣れた隠居所が見えてきた。

「いらっしゃい」

二人を明るく迎えるお憐は、暗い過去など微塵も引きずってはおらず、温かな笑みを浮かべて二人を出迎えてくれた。

第三話　六百万石の首

一

五月に入った江戸は、もう梅雨《つゆ》の直中である。

小雨の降りしきる中に立ち、高田俊平は焦れていた。

（……遅いな）

すでに陽は落ちている。

折からの風が渺々《びょうびょう》と吹いており、傘など差していても役には立たない。

俊平は笠も着けず、単の着流しの裾をはしょって臑《すね》を剝き出しにしていた。

濡れた玉砂利を踏んだ足元が、先程から小刻みに震えている。

ここは小伝馬《こでんま》町牢屋敷の東北隅に設けられた、仕置場である。俊平は今から罪人の首打ち役を務めなくてはならないのだ。

本来ならば御様御用《おためしごよう》の山田《やまだ》一門に依頼する役目なのだが、あちらが御用繁多の折は、牢屋敷勤めの若同心が任されることもある。

しかし、日頃から畳で試し斬りの稽古をさせてはいても、いざ本番となれば上手《うま》くいった例《ため》しがない。

一太刀で首を打つに至らず、罪人に無用の苦痛を与えた末に、惨死《ざんし》させてしまう場合が実に多かった。

速やかに刑を執行できぬことは、公儀の体面にも関わる。

そこで、北町で若輩ながらも剣の手練と評判の高田俊平に、白羽の矢が立ったのだ。

むろん俊平とて好んでやりたい役目ではなかったが、奉行の遠山左衛門尉も認めたこととなれば是非もあるまい。

かくして牢屋敷に単身出張ってきた俊平だったが、その内心は甚だ穏やかならざるものだった。

(俺にできるだろうか……)

俊平には人を斬った経験がない。

抜き身を振るっての大立ち回りは幾度となく演じてきたが、習い覚えた天然理心流の当て身技『柄《つか》の事』で昏倒させるのを常としており、斬人《ざんじん》に及んだことなどは一度もなかった。

刀取る身の武士とて、好んで人を斬りたいと思う者などは誰もおるまい。敵の首級《しるし》を取ることが手柄とされた戦国乱世とは、時代が違うのだ。

左腰の刀が重たい。

ふだんは軽々と差し歩いている定寸の一振りが、どうしたことか今日はずっしりと重く感じられてならなかった。

そのとき、雨風の吹きつける向こうから、入り乱れた足音が聞こえた。

罪人が引き出されてきたのだ。

獄衣の裾を乱して暴れていたのは、月代を伸ばした小男だった。

「おうおうおう！　手荒にするんじゃねぇよ！」

両手を縛られ、牢屋敷付きの処刑人足たちにしっかと脇を抱え込まれていながらも、男は一向に観念していない。自分を羽交い締めにした大柄な人足に背中を押しつけるようにして踏ん張り、連行されまいと頑張っていた。

参造《さんぞう》、三十二歳。

若いながらも、江戸では名人として知られた花火師である。公儀の奢侈取り締まりに逆らって派手な打ち上げ花火を作り続けてきた参造は、かねてより要注意人物として目をつけられていた男だった。

目付の鳥居耀蔵は抱え主の花火屋を脅して馘首《くび》にさせ、仕事ができぬようにするという嫌がらせをしていたが、参造は一向に動じることなく、郊外の日暮里《にっぽり》に構えた作業小屋でせっせと花火作りに励んでいた。

そして去る四月の末、小屋に乗り込んできた鳥居配下の御小人目付たちに花火玉を投げつけたことから、極刑に問われるに至ってしまったのだ。

参造はいきなり刃を向けてきた相手を脅したに過ぎず、御小人目付の面々にしても軽い火傷を負わされただけのことだったのだが、御上に逆らう不届者と鳥居に断じられたため、死罪の裁きが下されたのである。

刑としては明らかに重すぎる。しかし、老中首座たる水野越前守の威光を背負った鳥居にごり押しされては、参造の身柄を引き渡された北町奉行の遠山も、いつものように温情を以て軽い裁きで済ませてやるというわけにはいかなかった。

遠山が首打ち役を配下の俊平に託したのも、せめて無用の苦痛を与えぬようにして冥土《めいど》へ送ってやりたいと思えばこそのことだったのだ。

そして今、俊平はその大役を果たさんとしている。

しかし、当の参造は往生際が悪いこと、この上ない。土壇場《どたんば》に罪人を引き出す役目に慣れているはずの処刑人足たちも手を焼くほど、しつこく暴れ回っていた。

「早《はよ》うせえ！」

立ち合いの検使与力が苛立った声を上げる。

控えの人足も加勢に走り、とうとう参造は土壇場に引き据えられた。

両脇に就いた二人の処刑人足が短刀を抜き、参造を縛《いまし》めていた縄を断つ。

俊平は無言で鯉口を切り、すらりと佩刀の鞘を払った。

その瞬間、雨のそぼ降る暗い空の下で未曾有《みぞう》の大事が出来《しゅったい》した。

「やいやいやい！　この俺様を打ち首なんぞにしてもいいと、本気で思ってんのかい！」

啖呵を切るや、参造はおもむろに諸肌を脱ぐ。

あらかじめ、土壇場に立たされたらこうしようと決めていたのだろう。

濡れた獄衣の襟元を速やかにはだけるや、痩せた肩を剝き出しにする。

刹那、居合わせた一同は凍りついた。

いつの間に施されたものか、背中に彫り物がある。

素人《しろうと》の手に為るものらしく不格好だが、大きな丸の中に三葉葵《みつばあおい》が描かれているのは誰の目にも明らかだった。

黒一色の図柄は葵の御紋——徳川将軍家の紋所に他ならない。

「どいつもこいつも頭《ず》が高いぜぇ」

降りしきる雨など意にも介さず、参造は得意げにうそぶく。

「恐れ入ったんなら、早いとこ俺をお解《と》き放ちにするこった」

「ば、馬鹿を申すなっ……」

「ふん、とっとと上様にでも掛け合ってくるんだなぁ」

呻く牢屋敷与力を一笑に付すや、参造は立ちすくんだままの俊平を睨《ね》めつける。

「おう、若造。俺様に人斬り庖丁なんぞを向けやがったら、それこそ雷に打たれておっ死《ち》んじまうぜぇ」

「む……」

一言も返すことができず、俊平はやむなく刀を引く。

居並ぶ牢屋敷同心たちも同様であった。参造を斬り捨てんと鞘走らせた刀を、おずおずと鞘に納めていく。

「へっ、ざまぁねえや」

勝ち誇った笑みを浮かべながら、参造は肩をそびやかし、獄衣の襟を正す。

濡れて背中に張り付いた獄衣越しに、三葉葵が浮かび上がる。この紋所を背負った者に対し、もはや誰も手を出すことはできなかった。

二

「何だってぇ」

四半刻後、急ぎ帰参した俊平の報告を受けた遠山は度肝を抜かれた。

参造の処刑執行は急遽《きゅうきょ》日延べとなり、すでに身柄は牢へ戻された後だった。

畏れ多くも葵の御紋を背負った者に、刃を向けるわけにはいかない。

それに、参造に対して下された「死罪」というお裁きは、ただ首を打つだけのことで済む刑罰とは違うのだ。

公儀が定めた極刑の執行方法は下手人、死罪、獄門、磔《はりつけ》、鋸引《のこぎりび》き、火焙《ひあぶ》りの六種に分けられる。

下手人、死罪、獄門はいずれも小伝馬町の牢屋敷内で執行される斬首《ざんしゅ》刑だが、執行後に亡骸が遺族へ下げ渡されるのは下手人のみであり、死罪では断たれた首も残った胴体も麴町《こうじまち》平河町《ひらかわちょう》にある御様御用の山田一門の屋敷へ運ばれて、試し切りのため寸断されることになっている。

命を絶つだけでは済まされぬほどの重罪人として、亡骸までも切り刻まれるという恥辱の付加刑が与えられるのだ。

目付の鳥居は、公儀の奢侈取り締まりに涼しい顔で逆らい続けてきた参造のことを、よほど腹に据えかねていたのだろう。本来ならば命を奪ってしまうことさえ厳しすぎるというのに、参造に亡骸を引き取る身内がいないのをよいことに、付加刑のある死罪の裁きを北町奉行所に下させたのである。

かと言って、さすがに獄門にまで処してしまっては逆効果である。江戸でも人気の花火師が晒《さら》し首にされたとあれば、町民たちの怒りを買うことになるからだ。

奢侈を取り締まるための見せしめにするつもりが、暴動など招いてしまっては何の意味もあるまい。

そこで鳥居は配下の御小人目付を刺客として送り込み、極秘裏に参造を始末せんとしたのだが、花火玉を投げつけられて思わぬ反撃を受け、さらには爆発の騒ぎで近在の人々が集まってきて表沙汰になってしまったために密殺を断念。次善の策として参造を町奉行所に引き渡し、死罪となるように取り計らったのであった。

しかし、まさか参造がこのような切り札を持っているとは、さすがの鳥居も夢想だにしなかったことだろう。

参造の彫り物は背中だけにあり、首筋にまでは及んでいない。首を打つだけならば雑作《ぞうさ》もないはずだが、その後の試し切りに供することは到底できぬ相談だった。御様御用の山田一門による試し切りは、胴を断つのが基本だからだ
葵が徳川の御紋である以上、毛ほども傷つけるわけにはいかない。据物斬《すえものぎ》りの名手である山田浅《あさ》右《え》衛門《もん》吉昌《よしまさ》・吉利《よしとし》父子を以てしても、背中一面の彫り物を避けて切断することは不可能である。鳥居が首を打つだけでは飽きたらず、怒りに任せて付加刑のある死罪の裁きを下させたのが裏目に出たのだ。

参造の罪状は最初から明白であり、自白を強いるのも不要だったために、入牢した四人に付き物の拷問《ごうもん》に掛けられることもなかった。故に獄衣を脱がされることもなく、

土壇場に引き出されるまで彫り物のことは明るみに出なかったのである。

「それにしても、よく考えやがったなぁ。一体どこのどいつに入れ知恵されたのかは知らねぇが、参造も大それた真似をしやがるもんだ。こうなりゃ鳥居の野郎にも手は出せまいが、このまんまにしておくってわけにもいくめぇ。それこそご公儀の体面に関わるやな」

遠山とて、本心から参造を死罪に処してしまいたいわけではなかった。

今も何とか助命する策を見出せぬものかと思案しているのだが、ご自慢の桜吹雪を以てしても葵の御紋の前にはどうにもならない。

奇策を用いて一命を拾った代わりに、参造は将軍家に不敬を働いてしまったのだ。

幕閣としては何とか手を打ち、速やかに処刑してしまいたいことだろう。

「……」

かしこまったままでいる俊平に、返す言葉はなかった。思いもかけぬ事態を解決するために何を為せばよいのか、考えあぐねるばかりである。

「参造は腕のいい花火師だ。何とか生き長らえさせてやりてぇもんだがな」

遠山はやるせない溜め息を吐く。

大川開きの花火で毎年評判を取っている、参造の名を知らぬ江戸っ子はいない。

奢侈取り締まりのために、規模が年々縮小されつつある川開きだが、今年は一際寂しいものになりそうだった。

お解き放ち（釈放）を求める参造のことは、たちまち江戸中の評判となった。名付けて「六百万石の首」――徳川将軍家の天領がおよそ六百万石なのを踏まえた異名である。

三

瓦版屋にとって、これほど美味しいねたはあるまい。

梅雨の晴れ間の五月晴れとくれば、格好の稼ぎ時だった。

「さあさあさあ！　買っとくれ、読んどくれ！」

ここぞとばかりに摺《す》りまくった瓦版の束を抱えた売り子たちは、呼び声も高らかに江戸中を駆け回る。

売り子には常にも増して、俊敏な者ばかりが選ばれていた。市中のあちこちで目を光らせている岡っ引きに捕まれば、たちまち袋叩きにされてしまうからだ。

目付の鳥居耀蔵は南北の町奉行に再び圧力をかけ、参造の件が騒ぎの火種にならぬようにと厳命してきている。

鳥居の横暴を快く思わぬのは北町の遠山も南町の筒井も同じだったが、暴動などが起きてしまっては一大事だ。南北の廻方同心は市中の瓦版屋を取り締まるのと同時に抱えの岡っ引きを総動員し、売り子の捕縛に奔走していた。

その点は売り子たちも承知の上だった。監視の目を巧みにかいくぐり、岡っ引きが駆けつけてくる前にいち早く走り去っては次の町角に立つことを繰り返している。

折しも、一人の売り子が新大橋を駆け渡っていくところだった。

たった今、対岸の浜町河岸で追っ手を撒《ま》いてきたばかりである。次は大川の向こうまで足を伸ばして、残りの瓦版を売りさばくつもりなのだ。

橋を行き交う者の姿はない。からりと晴れた青空の下で、大川がさわさわと流れているばかりであった。

「へっ、捕まってたまるもんかい」

駆けながら、ひょろりとした売り子は得意げにうそぶく。

と、その顔が強張った。

目の前に突然、一人の男が立ちはだかったのである。

町民ではない。木綿物の単に薄い黒羽織を重ね、夏袴を穿いた長身の武士だった。

「な、何でぇ」

売り子が怯えた声を上げる。

網代笠《あじろがさ》の下から向けてくる双眸には、何の感情も籠められてはいない。

左腰に帯びた大小は、定寸よりも長尺だった。

体側に垂らしていた両手が、すっと上がっていく。

「待ちなよ」

鯉口が切られんとした刹那、武士の背後から静かな声が聞こえてきた。

「う、宇野の旦那……」

売り子が安堵の表情を浮かべる。

宇野幸内は寛いだ浴衣姿だった。肌が上気しているのは、湯浴みをして涼みに出てきたところであるせいらしい。

刀は差さず、帯前に小脇差を帯びているのみである。

「相変わらず稼ぎまくっているみてぇだな、松吉《まつきち》」

顔見知りの売り子へ向かって呼びかける口調は、のんびりとしたものだった。

それでいて油断なく、腰は網代笠の武士と正対させている。

両の手は腿《もも》のところにあり、もしも武士が鯉口を切れば即座に抜き合わせることのできる体勢を示していた。

「見つかったのが隠居の俺でよかったぜ。俺っちの近所だったら岡っ引き連中はまだ来ちゃいねぇからよ、早いとこ行って一稼ぎしてきな」

「す、すみやせん！」

松吉と呼ばれた売り子はぺこりと頭を下げ、一散に駆け去っていく。

「……余計な真似をしてくれたな」

機先を制された網代笠の武士が、苛立たしげな口調で言った。

「かような者共は放っておけば図に乗るばかりぞ。片端から血祭りに上げて見せしめにでもせねば、とても埒は明くまいよ」

「参造のように……ってことかい」

動じることなく、幸内は凛とした目で武士を見返す。

「いいかい、お前さん。人様は巻き藁《わら》とは違うんだぜ。好き勝手に斬っていいわけがねぇやな」

「吐《ぬ》かせ！」

武士は網代笠の下から怒声を上げた。

「おぬし、宇野と申したな。たしか南町の吟味方に、同じ姓の者がおったのう」

「よく知ってるな。たしかに、俺ぁ南にいた宇野幸内さね」

「奉行の知恵袋と賞されておったそうだが、おぬしもあまり調子に乗らぬことだ」

武士はようやく落ち着きを取り戻したようであった。低く、圧《お》しの強い声で幸内に告げてくる。

「木っ端《こっぱ》役人の分際で、我らの為すことに手出しをするな」

「いや、俺は疾《と》うに隠居の身なんだがな……。それにしてもお前さん、よく俺のことを知っていなすったね？」

「さもなくば、御目付の御用は務まらぬ」

「ふん、やっぱり鳥居の飼い犬だったのかい」

幸内は嘲笑を浮かべると、わざと苛烈な言《げん》を発した。

「ご老中の威光を笠に着て、手前《てめえ》が出世することしか頭にねぇ糞野郎なんぞの手先をしていて、恥ずかしくねぇのかい」

「おぬし、無礼であろう」

気色ばむや、武士はおもむろに笠を取った。

青白い面長の顔が剝き出しになった刹那、二条の刃が同時に抜き放たれた。

晴れ空の下に、高い金属音が上がる。

武士が袈裟に斬り付けた刃を、幸内は横一文字に抜き上げた脇差でがっちりと受け止めていた。

嚙み合った刀身が、ぎりっと鳴る。

「まだやるかい？」

幸内の声は落ち着いていた。その五指《ごし》は柄を隙間なく握り、小脇差の刀身を下から支えるようにして保持している。剣術用語で、止め手と呼ばれる手の内であった。

「やめておこう」

武士の長い顔には不気味な笑みが浮かんでいる。

桐谷半蔵《きりやはんぞう》、四十歳。

鳥居耀蔵配下の御小人目付たちの中でも、指折りの遣い手である。

その技倆は幸内と比べても、まず互角と言っていいだろう。

半蔵は静かに刀を引いた。

お互いに視線を離すことなく、二人は同時に納刀する。

「年寄りの冷や水はほどほどにせえ」

「ご忠告、有難く覚えておくとしよう」

淡々と応じながら、幸内はそのまま歩き出す。

対岸の浜町河岸へと渡っていく後ろ姿には、微塵の隙もない。笠を拾った桐谷半蔵が後を尾けてくるのも承知の上だった。

鷗が飛び交う浜町を後にして、幸内は日本橋の雑踏を通り抜けていく。

湯上がりの散歩にしては遠出である。

悠然とした足取りで向かった先は呉服橋――北町奉行所であった。

呉服橋を渡った幸内が御門内に入ったとき、すでに後方の殺気は消えていた。

四

折しも高田俊平は、番方の同心部屋で古反故《ふるほご》の整理中だった。

この時代、古紙はすべて業者に回収してもらって漉《す》き返し（再生紙）にすることになっていた。むろん奉行所から出すとなれば書き損じの反故でも一枚ずつ千切り、何が記されているのか外部に漏れないようにしなくてはならない。雑用とはいえ、気が抜けぬ仕事であった。

俊平が仕事にいそしんでいたとき、幸内がふらりとその姿を現した。

「ご隠居……」

「近くまで来たもんでね。茶を一杯貰えるかい」

古紙の山を前にした俊平に、幸内はにっこりと微笑みかける。

新大橋からの道程で終始漂わせていた、静かな闘気は霧散していた。

幸内が手練の御小人目付と刃を交えてきたことなど、俊平には知る由もない。

「されば、こちらへ」

残った古紙をまとめて裂くと、俊平は立ち上がった。

どこの同心部屋にも火鉢が置かれており、夏場でも炭火を絶やさぬようにして鉄瓶に湯が沸かしてある。

「ありがとよ」

熱々の茶を受け取った幸内は、美味そうに一口啜る。

「こんどはまた、面倒なことになっちまったみてぇだな。若いの」

「はい……」

急須を手にしたまま、俊平は恥じ入った様子で顔を伏せる。

「大川向こうでも、もっぱらの噂でなぁ。憐もお前さんのことを案じていたぜ」

「お、お憐さんが拙者を?」

「そうそう。お前さんは元気でなくっちゃ、らしくねぇやな」

たちまち頬が赤くなった俊平に悪戯《いたずら》っぽい笑みを浮かべてみせると、幸内は続けて言った。

「その昔、大権現《だいごんげん》様の御名《みな》を首んとこに彫り付けやがった野郎がいたそうだ。そいつは時の山田様が首の廻りの皮を削ぎ取った上で、バッサリとやんなすったってぇことだが……背中じゅうに彫り物《もん》をしているとなれば、そうもいくめぇ。参造も上手《うま》い手を考えついたもんだぜ」

幸内はそう言うと、ほうっと息を吐いた。

「とは言え、生皮を余さず引っぺがして大騒ぎをさせた上で首を刎ねたとなりゃ、それこそ公儀の恥ってもんだからな。無理はいけねぇよ」

「ごもっともです」

頷く俊平の後方では、居合わせた先輩同心たちも耳を澄ませている。

南町の敏腕与力だった幸内の評判は、誰もが知っている。

そして若同心の俊平が奉行の遠山から内命を得たとはいえ、幸内の薫陶《くんとう》を受けていることは皆から羨まれてもいた。

「とにかく、誰にどういう経緯で葵の御紋なんぞを彫ってもらったのか、そこんとこをまずはたしかめるこったよ」

「は……」

幸内の助言に、ふと俊平の表情が曇った。

参造がいつ彫り物を背負《しょ》ったのかは、まだ定かになってはいない。

廻方同心たちは名の知られた彫物師たちを訪ねて廻っていたが、葵の御紋を彫ろうなどという命知らずの者がいるはずもなかった。

当の参造も再三のお調べに頑《がん》として口をつぐんでおり、真相は藪《やぶ》の中である。

「どのみち素人の仕業だろうぜ」

戸惑う俊平に対し、幸内が示してくれた答えは明快だった。

「花火師仲間に頼んだのか、あるいは御牢内か……どっちにしても参造の身の回りを洗い直してみなくっちゃな」

「されど、拙者には抱えの岡っ引きがおりませんので、調べもなかなか……」

「こういうときにゃ、政吉を訪ねてみねぇ。あいつなら、きっと何かいい知恵を出してくれるだろうぜ」

「よ、よろしいのですか」

「構わんさ」

茶を飲み干した幸内は、さらりと言い添える。

「政の奴な、すっかりお前さんの手下《てか》になったつもりでいやがるぜ。暇《ひま》を持て余していたところに思わぬ楽しみができて、嬉しくてたまらねぇみたいだよ」

「真実《まこと》ですか？」

「すぐにでも霊巌寺《れいがんじ》を訪ねてみねぇ。寺男ってことになっちゃいるが、近所のちびっ子の遊び相手ぐらいしかすることがねぇんで、いつ顔を出しても障《さわ》りはないさね」

「忝のう存じます、ご隠居」

「なぁに」

喜ぶ俊平の肩をぽんと叩き、幸内は腰を上げる。

「見送りはいいぜ」

「そうは参りますまい」

「いいって」

慌てて立ち上がる俊平の耳元に口を寄せ、幸内はぼそりと一言告げた。

「……それよりな、若いの。反故はもうちっと細かく千切ったほうがよかろうぜ」

「お、恐れ入りまする」

大ざっぱに破っただけの書き損じを指差されるや、俊平は目を白黒させた。

「気にしなさんな。俺も見習いの頃にゃ、よく叱られていたもんだよ」

幸内は愉快げに微笑みながら、踵を返す。

古反故の整理に急ぎ戻った俊平を振り返りつつ出て行く様は、我が子を見守る父親のようでもあった。

五

越前堀の近くに建つ霊巌寺は、明暦《めいれき》の大火の後に深川へ移転してきた名刹《めいさつ》だ。

同寺には文政十二年（一八二九）に没した元奥州白河《おうしゅうしらかわ》藩主・松平越中守定信《まつだいらえちぜんのかみさだのぶ》の墓所があり、大きな深川六地蔵が祀《まつ》られていることでも知られていた。

俊平が門を潜ったとき、ちょうど政吉は広い境内を掃いているところだった。

大きな体に合わせて拵《こしら》えたと思しき竹箒を器用に操り、石畳の隙間まで丁寧に掃き清めている。

「おやおや、若旦那」

俊平の姿に気づくや、政吉は驚いた声を上げた。

「今日はまた、どういう風の吹き回しですかい？」

「その節は世話になったな」

微笑み返す俊平は、手土産を提げていた。

政吉の好物と聞いていた玉木屋《たまきや》の『座禅豆《ざぜんまめ》』と、上物の諸白《もろはく》（清酒）である。黒豆を甘く炊き上げた煮豆をつまみにして一献傾けるのが何よりの楽しみなんですよと、以前、俊平に教えてくれたのは憐だった。

「こいつぁいいや。よく、わっちの好物をご存じでしたねぇ」

俊平の手土産を見て、たちまち政吉は目を細めた。

「ちょうど一服しようと思ってたとこでさ。どうぞ、こちらへ……」

政吉の案内で招じ入れられたのは、本堂裏の小屋だった。

どうやら政吉は墓所の番人も兼ねているらしい。

いつも切らさぬように井戸で冷やしているという麦湯を啜り、座禅豆をつまみながら、俊平は事の次第を明かした。

「そうでやすか……」

話を聞き終えた政吉は太い腕を組み、何やら考え始めた。

その姿を、俊平は期待を込めた目で見つめている。

政吉は年季の入った鑓持ちであり、武家奉公人の世界では顔が利く。

その伝手《つて》をたどれば小伝馬町牢屋敷に渡りをつけるのも容易いかと思いきや、俊平に持ちかけられたのは意外な話だった。

何と政吉は俊平に、罪人に化けて牢屋敷に潜り込むべしと提案したのである。いわゆる潜入捜査であった。

「せ、拙者に大牢へ潜り込めと申すのか！」

思わず瞠目《どうもく》する俊平に、政吉は大真面目な顔で告げる。

「若旦那、ここは度胸の見せどころですぜ」

「む……」

たしかに政吉の提案は、的を射たものだった。

どこで彫り物を施してもらったのか、なぜ罪人がひしめき合う大牢にいながら土壇場に引き出されるまで隠し通していられたのかは、当人に問い質すのが最も手っ取り早いことだろう。

だが、これは危険極まりない潜入捜査である。

もとより、町奉行所は悪党たちから目の敵《かたき》にされている。

探索のため牢内に潜り込んだ岡っ引きが正体を暴かれ、同房の囚人から惨殺《ざんさつ》されたという話は、俊平も幾度となく聞かされていた。

まして同心が身分を偽って潜入してきたとなれば、無事で済むはずはない。

しかし、誰かに頼めることではなかった。たとえ俊平に抱えの岡っ引きがいたとしても、まず引き受けてはもらえないことであろう。

「わっちがもう十も若けりゃお引き受けするんですがね、この齢で牢屋敷に行けってのだけは、さすがにご勘弁願いますよ」

冗談めかして政吉がうそぶくのを、俊平は俯いたまま聞いていた。

たしかに俊平が罪人になって牢屋に入り、直に参造から話を聞くのが一番の早道に違いない。

「……致し方あるまい」

ゆっくりと顔を上げたとき、すでに俊平は腹を括っていた。

「段取りを教えてくれ、とっつぁん」

炯々と目を光らせながら告げる口調にも、迷いはまったく感じられなかった。

翌々日、政吉に後ろ手を取られた俊平は、北町奉行所へ引き立てられていった。

「この野郎！　よくも俺の顔に泥を塗りやがったな！」

俊平は裾をはしょった単に、お仕着せの半纏を重ねた中間の装いである。

「もそっと手加減してくれよ、とっつあん……」

「だめだめ。それじゃ芝居ってばれちまいやすからね。ご辛抱なさいやし」

あまりの痛さに弱音を吐く俊平に小声で囁きつつ、政吉は呉服橋へ至る大路をずんずん歩いていく。

武家奉公人の世界で顔が利く政吉は俊平を雇われ中間に仕立て上げ、北町奉行所へ突き出そうとしているのだ。

自分の世話で奉公させた先々で喧嘩騒ぎを引き起こしてばかりいるため、とても手に負えぬから牢に放り込んでやってほしいと願い出てきた、という芝居であった。

政吉は昨日のうちに懇意の旗本を訪ねて事情を説明し、俊平を奉公していたことにして追い出したというように、口裏を合わせてもらっている。

奉行所の門前では、同心たちが手ぐすねを引いて待っていた。

「久しいの、政吉。して、こやつが不届き者なのだな?」

「へい。どうにでもしてやってくださいまし」

「任せておけい」

応対に出てきた先輩同心は俊平の身柄を受け取るや、すぐさま縄を打つ。

見習いとはいえ、歴《れっき》とした町奉行所の同心を捕縛して牢屋敷へ送り込むとは無茶をするものだが、これは政吉から幸内を経《へ》て出された提案を、奉行の遠山が快諾した上で成ったことである。

小伝馬町の牢屋敷にも通達済みであり、俊平を送り込む段取りはついていた。

同じ立場の罪人として参造に接触し、本音を聞き出す。

それは俊平が己自身に課した、命懸けの任務であった。

六

牢屋敷の大牢に押し込められた俊平は、気が気ではなかった。

町方同心の正体を見抜かれれば、即座に私刑にかけられるのは目に見えている。

周囲に気を配りながら、俊平は神妙に振る舞った。

「命のツルにございやす。どうぞ、お納めを……」

政吉から教えられた通り、口の中に隠してきた一分金《いちぶきん》を牢名主に差し出す。

「頂戴しておこう」

頷いた牢名主は、折り目正しい人物だった。

頬骨が張り出した、金壺眼《かなつぼまなこ》の男である。

面長の顔には凶悪な囚人たちを束ねている頭らしからぬ、気品さえ感じられた。

「よろしゅうお頼み申しやす」

渡り中間らしく伝法な口調で挨拶をしつつ、俊平は周囲を見回す。

牢内は思っていたほど不潔でなく、掃除が行き届いていた。牢名主の監督が、よほど行き届いていることの証《あかし》と言えよう。

数十人もの囚人が押し込められた牢の中は異臭漂う、この世の地獄だと聞かされていた俊平は、先程から呆気に取られていた。

ともあれ参造と接触し、真相を聞き出すことが先決である。

「御免なすって……」

俊平は腰を低くし、空けてもらった一角へと歩み寄っていく。

一枚の畳に数人が押し込められて暮らす牢の中では、新入りは一番端っこに入れてもらえればよいほうだ。俗にツルと称する、牢名主への袖の下を持参できなかった者は二尺（約六十センチメートル）もある分厚い板で散々に尻を叩かれた末、隅の便所の脇に追いやられるのが常だと聞かされていた。

（政吉のとっつあん様々だな）

胸の内で謝しつつ、俊平はそっと古畳に腰を下ろした。

参造の居場所は、入牢したときに確認済みだった。

驚いたことに牢名主の傍近くに控えて雑用を任される、牢役人の一角に加えられている。俊平は土壇場で顔を見られているはずだが、まだ気づかれた様子はなかった。

（さて、どうするか……）

頭を巡らせ始めたとき、不意に俊平は後ろから羽交い締めにされた。

「こいつぁ何の酔狂《すいきょう》だい、糞同心さんよぉ？」

俊平を押さえている男たちは、二人とも見覚えのある顔だった。

以前に深川十万坪で決闘し、こっぴどく痛めつけてやった博徒たちだ。あのときの喧嘩出入りは北町奉行所も両成敗《せいばい》として不問に付したはずだったが、何か別の悪事を働いて御用鞭（逮捕）となっていたのである。

俊平が牢に入ってきたときから、こちらが油断するのを待っていたのだろう。不意を突かれた俊平は、完全に押さえ込まれてしまっていた。

「申し上げやす！　こいつぁ北町の高田って若同心でさ！」

異変に気づいた牢役人たちが立ち上がるよりも早く、博徒の一人が胴間声《どうまごえ》を張り上げた。

折悪しく、見廻りは牢の前をついさっき通過したばかりだった。

また、多少の騒ぎを耳にしたところで戻って来るともかぎらない。気の荒い囚人同士の喧嘩騒ぎなどは日常茶飯事であり、たとえ死人が出たところで病死で片づけるのが常なのだ。

「同心だと……？」

「ふざけた野郎じゃねぇか」

たちまち、周囲の囚人たちは博徒の二人組に呼応した。

もとより血の気が多く、町奉行所に対して恨み骨髄《こつずい》の連中である。ひとたび怒りを覚えれば、歯止めなどが利くはずもない。

「野郎！」

目を血走らせた博徒が、猛然と殴りかかってきた。

刹那、すっと俊平は両肩の力を抜く。

剛力で締め上げていた男の不意を突き、縛《いまし》めを解いたのだ。

博徒の拳《こぶし》は目標を見失い、羽交い締めにしていた相棒の顔面にめり込む。

そのときにはもう、俊平は居並ぶ囚人たちに飛びかかっていた。

「わっ！」

「ぐえっ」

取り囲まれるより先に鉄拳を振るって血路を開き、足刀《そくとう》を旋回させて蹴り倒す。

腕っこきの連中を向こうに回していながら、俊平は一歩も引こうとしなかった。

正体が露見してしまった以上、躊躇していれば押さえ込まれて袋叩きにされるのは必定である。

動きを封じられれば即、死に至ることになるだろう。

(畜生っ、こんなとこで殺《や》られてたまるかい！)

俊平はただただ必死で、五体と五感を研《と》ぎ澄まして闘っていた。

「こいつ!!」

怒号《どごう》を上げて、別の博徒が突っ込んでくる。

次の瞬間、俊平は殴りかかってくる男に右腕を覆いかぶせるようにして、真っ直ぐに拳を打ち込んでいた。

「ぐふっ」

きれいに顔面を捉えられた博徒が吹っ飛んだとき、囚人のほとんどは腰が立たなく成り果てていた。

参造はと見れば、怯えた様子で壁際にへばりついている。

「そろそろ幕にしていただきましょうかね、旦那」

そう言って囚人たちの乱闘を止めに入ったのは、先ほどの牢名主だった。

重ねた畳の上からひらりと降り立つや、俊平をかばうようにして前に出る。

牢役人たちが床下に隠していた短刀を取り出し、目を怒らせて突きかからんとしたのを見逃そうとしなかったのだ。

「おぬしたちも暴れるのはよせ。これは何かの子細があってのことであろうよ」

「せ、先生……」

今にも突きかかろうとしていた牢役人たちは、一様に戸惑っていた。

「物騒《ぶっそう》なものを持ち出すのは、このお人の話をとくと聞かせてもらってからでも遅くはあるまい。ひとまず刃物を納めろ」

威厳を籠めて皆を諫めると、牢名主は俊平に向き直った。

「されば旦那、お話をうかがう前に暫時《ざんじ》お待ち願いましょう」

「何……」

荒い息を吐いていた俊平は、怪訝そうに牢名主を見返す。

「私は医者ですのでね、怪我人を放っておくわけには参りません」

さらりと告げるや、牢名主は薬籠《やくろう》を取り出す。

言いつけ通りに短刀を片づけた牢役人たちは、これも床下に隠し置いていた焼酎《しょうちゅう》の徳利《とっくり》やら膏薬《こうやく》を速やかに持ってきた。

打ち倒された囚人たちに、手当てをしようとしているのだ。

騒ぎの発端を作った博徒の二人組も、牢名主はそのまま捨て置きはしなかった。

「しっかりせよ」

口に含んだ焼酎をぷーっと顔面に吹きつけ、頬を叩いて蘇生させる。

分け隔てのない療治は、実に手際のよいものだった。

高野長英《たかのちょうえい》、三十七歳。

荒くれ揃いの囚人たちが「先生」と崇《あが》めるこの牢名主は、昨年に著書『戊戌夢物語《ぼじゅつゆめものがたり》』で公儀を批判した科《かど》により、永牢《えいろう》（終身刑）を申し付けられた大物蘭学者《らんがくしゃ》だったのである。

七

「されば、おぬしらが……？」

長英の立ち合いの下で改めて身分を明かした俊平は、参蔵に彫り物をしてやったのが同房の皆だったと知らされた。

「あんときは苦労しましたぜ、旦那」

二番役の老囚人は白髪頭を振り立てて、自慢げにうそぶいた。

囚人たちの世話をする下男《しもおとこ》に賄賂を摑ませ、密かに運び入れさせた縫い針と消し墨を用いて、葵の御紋を彫り込んだというのだ。

蘭学に加えて医術の心得も持つ長英の指導の下で行われた施術は完璧であり、入浴時にも同房の皆で人垣を作って隠すようにして協力した。かくして参造は、見事な葵の御紋を背負うに至ったのである。

「散々面倒をかけられやしたがね、こんな痛快なことは生きてるうちに二度とありゃしねぇだろうって、みんなして張り切ったもんでさぁ」

痛がる参造を押さえておく役目を引き受けていたという大男の囚人は、くすくすと笑いながらつぶやく。

他の囚人たちも一様に、満足げに微笑んでいた。

むっつり押し黙っていたのは参造の件など与《あずか》り知らずにいた、新入りの博徒の二人組だけだった。むろん、もはや暴れることなどは許されずに、便所の脇へ追いやられてしまっている。

車座《くるまざ》になった一同の真ん中に座り、俊平は無言で皆の話に耳を傾けていた。

「お前の口からも言ってやりねぇ、参の字よ」

「へ、へいっ」

二番役に促された参造が、おずおずと口を開いた。

「とんでもねぇ騒ぎを起こしちまって申し訳ありやせん、旦那」

参造は存外に殊勝な態度である。

だが、居並ぶ囚人たちは口さがなかった。

「なんも謝ることはねぇぞお、参造」

「そうだ、そうだ。お前ほどの花火師を死罪にしようってのが間違ってらぁな」

「こいつぁ、いい折だぜ。早いとこお解き放ちにしてくれろって、ご同心さんにお頼みしてみねぇ。何しろ、お前さんは葵の御紋を背負ってるんだからなぁ」

どの者も皆、微塵も後ろめたさなど感じてはいなかった。

四人たちは川開きまでに牢を出て、何とか今年も花火を上げ、江戸っ子たちの喜ぶ顔が見たいという参造の決意に感じ入り、牢名主である高野長英の指導の下に事を成したのだ。

江戸で一番と自負する花火師として、来る五月二十八日（陽暦六月二十七日）の川開きに自慢の花火を上げることができぬまま首を落とされてしまっては堪らない。

そんな参造の一途さが、四人たちの心を打ったのである。

「得心していただけましたかな、高田様」

皆が言いたいことを言い終えたと見て取るや、長英は俊平に向き直った。

「かくなる上は一日も早《はよ》う、この参造を出牢《しゅつろう》させてくだされ」

「ば、馬鹿を申すなっ」

長英の申し出を、俊平は言下に否定した。

四人たちの心情は判るが、同心である立場上、解き放ちを請け負うなどできかねる相談であった。

しかし、長英は引き下がろうとはしない。四人たちも拳を振り上げる代わりに膝をきっちり揃え、神妙な顔で俊平を見つめている。

「お奉行所へ立ち戻られし上は、同房の皆が揃って助勢したとご報告なされても一向に構いませぬぞ。永牢の私はもとより、どの者も皆、死罪か遠島《えんとう》と決まっておる身でありますからな。公儀の威信とやらと引き替えに、首を打たれるのならば本望でござる」

「む……」

揺るぎない覚悟を決めた長英の、手練の剣客の打ち込みにも似た鋭い言に対し、俊平は二の句を継ぐことさえできなかった。

翌日、牢屋敷を出た俊平は、すぐに新大橋の隠居所へ向かった。

俊平の報告をすべて聞き終えた幸内は、実に興味深げにつぶやいた。

「ずいぶんと大掛かりな話になってきたもんだね」

「はい……。あの高野長英という蘭学者は、一筋縄ではいかぬ男であります」

俊平は忸怩《じくじ》たる表情で言った。憐が沸かしてくれた風呂に入り、さっぱりとしてきたばかりというのに、その表情は浮かないままである。

「ともあれ、先にお食事をなさいませ」

「忝ない」

俊平は礼を言ったが、憐が勧めてくれた炊きたての飯と根深汁《ねぶかじる》も、一向に喉を通りそうにない。

「まぁ、くよくよしていても始まらないさね」

箸が進まぬ俊平に微笑みかけると、幸内は思い切りよく判じた。

「こうなりゃ、参造を解き放ってみるより他にないだろうさ」

幸内の意外な言葉に慌てふためき、俊平は思わず箸を取り置しかけた。

「ご、ご隠居っ⁉」

引っくり返しそうになった汁椀を手で支えてやると、幸内はにやりと笑った。

「任せておきねぇ。俺は出かけてくるから、お前さんは一眠りしてな」

その日の午後、宇野幸内は数寄屋橋の南町奉行所を訪ねていた。

南町奉行の筒井伊賀守が下城してくるのを待ち受けて、面談に及んだのである。

「何を申すか、宇野っ」

裃姿で玄関に突っ立ったまま、筒井は茫然と幸内を見返す。

「本気でお願い申し上げているんですよ、お奉行」

「おぬし……気でも違ったのか」

「いえ、至って正気にございまする」

面前に端座《たんざ》した幸内は、真剣そのものだった。

「どのみちお仕置にする手が思いつかねぇんなら、このまんま御牢内で無駄飯を食わせておくのも勿体《もったい》ねぇことでござんしょう？　それならいっそ、川開きにお得意の花火を打ち上げさせてやったほうが人様の役に立つってもんでさ。違いますかね」

「ば、馬鹿も休み休みに申せっ」

「ですから、内密に事を進めていただきたいんですよ」

牢屋敷が参造の扱いに困っていることは、すでに俊平から聞き及んでいる。

牢内の囚人たちが奇妙な団結を見せており、もしも死罪を強行しようとすれば暴動が起こりかねないというのも、見逃せない現実だった。

とはいえ、表立って解き放ちを実現させるなど、とても無理な相談であろう。

しかし、北町奉行の遠山が再吟味のためと称して参造を奉行所へ連行させ、そのまま留め置くという形さえ装えば、一定の間だけ牢から出すこともできるはずだ。

奉行同士の話し合いによって極秘裏に行えば、公儀に対してはむろんのこと、世間に知れ渡ることもあるまい。

されど、筒井が難色を示したのも当然だった。

葵の御紋を悪用した参造を自由の身にしたことが万が一にも露見すれば、それこそ公儀の威信に関わる。とても首肯できる話ではなかった。

だが、幸内は一歩も引き下がろうとはしない。

「参造の願いは川開きの花火を上げることのみと聞き及んでおります。目付の鳥居様の鼻を明かすにゃ、こいつぁいい折にございましょう」

「しかし、万が一にも取り逃がしたとすれば、いったいおぬしは如何いたすと言うのだ」

「この皺っ首ひとつで勘弁していただきましょう」

「何……」

「とても六百万石と引き合うだけの値打ちなんぞはありゃしませんが、俺らにゃ柳営《りゅうえい》をお支え申し上げてるって気概がございます。この首を賭けてでも、俺は参造の奴を助《す》けてやりたいんですよ」

逡巡《しゅんじゅん》する筒井をひたと見返し、幸内は肝を据えて言い放つ。

その双眸から放たれる光は、不退転の決意に満ちていた。

町奉行同士の合議の末に、参造の身柄が北町奉行所へ密かに移される運びとなったのは、それから三日後のことだった。

八

すでに五月も半ばを過ぎていた。

仮釈放された参造は俊平の監視の下、日暮里の作業小屋に引き籠もって花火作りに明け暮れていた。

幸内は俊平と共に、小屋の見張りに付いている。

今度ばかりは政吉に助っ人を頼むわけにはいかない。もとより口が堅いのは承知の上だが、参造が出牢したことは余人には口外せぬようにと、南北の町奉行から厳命を受けているのだ。

憐は事情を知らぬまま甲斐甲斐しく弁当を用意し、朝夕に届けてくれている。

「すまねぇな」

「いいえ、たんと召し上がってくださいましね」

憐は醤油《しょうゆ》で焼いたり海苔《のり》を巻いたりして趣向を変え、食事だけが楽しみの張り込みに飽きがこぬように工夫を凝《こ》らしてくれた。そればかりか、炊事もままならない参造のためにも、握り飯の包みを毎日用意している。

そんな優しい思いやりも功を奏したのか、参造は行方を眩《くら》まそうとはしない。

鳥居耀蔵一派によって台無しにされた花火に代わり、新たな入魂の作を生み出そうと精魂を傾けていた。
　幸内と俊平は小屋の中には入らず、表で立ち番をするように心がけていた。参造の
邪魔にならないだけでなく、密談をするのにも都合がよいからだ。
　草いきれのする野原にしゃがみ込み、二人は小声で言葉を交わす。
「……俺が思うにな、若いの。高野長英は何か参造と取引をしたんじゃないかな」
「何と申されます?」
「あれは花火師の心意気ってやつに打たれるような手合いじゃあるめぇ。俺ぁ御用鞭
になったときに一度面《つら》を拝んでいるんだが、頭ん中にゃ天下の政《まつりごと》のことしかないっ
て感じだったぜ。他の囚人たちみてぇに、川開きのために参造を助けたとは、どうに
も思えねぇんだ」
「ご隠居……」
　俊平は戸惑いの表情を浮かべていた。
　高野長英のように私利私欲で動かぬ志《こころざし》の高い人物を疑うとは、宇野幸内にしては
珍しいことである。
　むろん、幸内とて長英を貶めているわけではない。
　崇高な思想を持つ人物と承知していればこそ、なぜ一介の花火師を牢から出すため

に知恵を授けたのかが未だ判然とせず、考えを巡らせずにはいられないのだ。

「されぱご隠居、何故に長英は？」

「そうさな……たとえば何か書状を預けたってことは、考えられないかい」

「まさか」

思わず見返す俊平に、幸内は事もなげに告げる。

「お前さんも見てきた通り、御牢内ってのは表向きは紙も筆も持ち込めねぇことにはなっているんだが、牢番に袖の下さえ握らせりゃ幾らでも手に入る。持ち出すときも襟ん中に仕込めば容易いことさね。入牢するときにゃ尻《けつ》の穴まで調べられるが、出るときは碌《ろく》に改めることもねぇからな」

たしかに、牢屋敷では出牢時の身体検査はしていない。それに奉行所へ護送されてきた参造は獄衣を脱いで自前の常着《つねぎ》に着替えるとき、一人きりになっている。

「なるほど……」

素直に頷くと、俊平は続けて問うた。

「もしも動きがあるとすれば、川開きの後でありましょうか？」

「だろうな」

長英と本当に約束を交わしたかどうかは定かでなかったが、参造が花火作り以外に何か事を為そうとする気配は、まだ一向に感じられない。

参造は来る二十八日に川開きの花火を打ち上げた後は、速やかに俊平の手で牢内へ戻されることになっていた。

そう条件をつけた上で、南北の町奉行は解き放ちを実現させてくれたのだ。

どのような事情があれ、参造を見失ったり、取り逃がすわけにはいかない。

「もしや、長英の意を汲んで何処かへ逃げるつもりなのでは……」

「いい線だぜ、若いの」

俊平の考えに、幸内は微笑して頷いた。

高野長英は諸国の蘭学者と繋がりを持っている。御府外の同志に何かを伝えるために書状を認《したた》めて託し、参造を密使に仕立てた可能性は否めない。

死罪であれ遠島であれ、他の囚人たちにはとても頼めぬことであるからだ。

参造が牢入りしてきたことは、密使を必要としているはずの長英にとって渡りに船だったと見なし得るのである。

だからこそ囚人たちの心がひとつになるように先導し、参造に葵の彫り物を施したのではなかろうか。

「まぁ、疑うばかりじゃなくて信じてみることも必要さね。相手が誰であれ、こっちの思い込みで先々のことまで決めつけちゃいけねぇよ」

幸内はそう言って、俊平を諭すことも忘れなかった。

あくまで人を信じることが、幸内の本分でもあるからだ。

「それにしても……冷えますな」

「辛抱しねぇ」

まだ梅雨が明ける気配はない。

今日は辛うじて降り出さずにいたが、二人の頭上には曇天が広がっている。

作業小屋の中では参造が慎重に、かつ速やかに花火を拵えていた。

造粒した火薬の玉をひとつずつ、手製の玉皮《たまがわ》の中に仕込んでいく。

「開闢《かいびゃく》以来の見事な花火で、公儀のお偉方の目をひん剝かせてやるぜぇ。高野先生もそうしてやれって言ってくれたしなぁ……」

わくわくした様子でつぶやきながらも、参造は丁寧に、そして愛《いと》おしむような手付きで作業を進めていくのであった。

九

そして、五月二十八日の夜。

長梅雨の曇り空に負けじと、参造入魂の花火が打ち上げられた。

凄まじい轟音《ごうおん》とともに、参造が作り上げた、後の世に三重芯変花菊《みえしんへんかぎく》と呼ばれる花火が大輪の如く夜空に華開いた。

　この花火は、花弁の芯が三重になるように作るのが非常に難しい反面、他の花火師たちの冠菊《かむろぎく》より大きく、混ぜ物による彩色も鮮やかそのものである。

　参造は土手に陣取り、矢継ぎ早に打ち上げ筒の花火に点火していく。

　土手上に立って見つめる幸内と俊平も感服《かんぷく》するほどの、見事な出来映えであった。

　奢侈取り締まりに真っ向から逆らった豪華な花火が堂々と、公儀の黙認の下に江戸の夜空を彩ることが実現したのである。

　このとき、川開きの絶景を遠くから眺めやる、一人の男がいた。

「おのれ、参造……」

　屋敷の庭に立った鳥居耀蔵は、悔しげに歯嚙みする。

　ここまで好き放題にしてやられ、己の面子《めんつ》を潰されたからには、参造を亡き者にしなくては公儀の目付たる自分の沽券《こけん》に関わる。

　ために、鳥居は選りすぐりの配下を、すでに刺客として放っていた。

　それればかりでなく、悉《ことごと》く自分の邪魔をする小賢しい宇野幸内と、その手先である北町の若同心も、事のついでに始末するようにと命じてあったのだ。

　幸内さえ亡き者にすれば、南北奉行所の力が軽減するのは目に見えている。

　何かと目障りな動きをしている高田俊平なる若同心諸共に葬り去れば、一石二鳥というものであった。

配下の御小人目付の中でも随一の手練に命じたとなれば、万が一にも仕損じるはずはない。

「しかと果たせよ、桐谷」

低い声でつぶやく鳥居は、すでに常の落ち着きを取り戻していた。

無言のまま縁側に昇り、手ずから障子を締める。

絶えることなく夜空に上がり続ける花火など、もはや意に介してはいなかった。

かかる奸計《かんけい》などは知る由もなく、俊平は大川端で感無量の表情を浮かべていた。

「見事なものですなぁ……」

花火に見惚れる若者の肩を、幸内はおもむろに引っ張った。

「行くぜ、若いの」

「え……」

「参造がいなくなったぜ。気がつかなかったのかい?」

「ま、まさか」

「馬鹿野郎。火薬ってのはお誂《あつら》え向きの煙幕なんだよ」

幸内に叱られた俊平が、よくよく目を凝らして見れば、土手下に陣取っていたはずの参造がいない。最後の花火を打ち上げるや、雲を霞と逃げ去ったのだ。

「まだ遠くには行っちゃいるめぇ。さ、急ぐぜ」

幸内の読みは、見事に的中していた。

一町も駆けぬうちに、前方から参造の悲鳴が聞こえてきたのである。

「た、助けて！」

いつの間に用意をしていたのか、参造はすでに旅装束に身を固めていた。

他の花火師たちが参造に負けじとばかりに自慢の作を打ち上げてくれているので、夜空は明るい。

凶刃を振りかざして襲いかかっていたのは、網代笠を被った長身の武士——御小人目付の桐谷半蔵だった。

二人の間合いは、見る見るうちに詰まっていく。

よろめきながらも、参造は振り分け荷物を放り捨てようとはしなかった。何か大切なものでも入っているらしく、抱きかかえるようにして懸命に守っている。

「待て待てっ、待てーぃ!!」

大声で叫び上げるや、俊平は一気に疾駆する。

駆けながら脇差の鯉口を切り、鞘を払った。

刹那、花火の煌めきを照り返して銀光がはじけ飛ぶ。

「む！」

さっと半蔵は身を翻すや、飛来した脇差を打ち払った。

その隙に、参造は何とか迫り来る凶刃から逃れていた。

「大事ねぇか……おい」

追いついた幸内が、息を切らせながら参造の袖を引く。

「だ、旦那……大丈夫でござんすが、こいつは一体《いってえ》どういうことで……」

「……話は後だ……水を持ってるんなら、ちょいと寄越しな」

告げるが早いか、幸内は参造が腰に提げていた竹筒を引ったくる。齢五十を過ぎている幸内が全速力で走りに走ったのだから、無理もなかった。

嗄れた喉を潤すと、幸内は続けて言った。

「その六百万石の首、牢名主の先生との約束を果たしおおせるまでは胴から生き別れにならねぇようにしておくんだぜ」

「な、何で、それを？」

「子細は後から聞かせてもらうよ。いいか、ここを動くな」

厳しく告げるや、素早く幸内は背後に向き直る。

俊平は必死で刀を振るい、迫り来る半蔵と渡り合っていた。

凶刃は間を置くことなく、俊平に向かって振り下ろされてくる。

「くそっ」

焦りを隠せぬ様子の俊平に対し、半蔵の動きは冷静そのものであった。

すでに網代笠を脱ぎ捨て、長く青白い顔を剥き出しにしている。

その冷徹な横顔に表情はない。

からくり人形の如く、一定した動きで刀を振るっていた。

常に両脇を締めており、体から刀身を離さぬようにして取り廻している。これでは、付け入る隙を見出すことも至難《しなん》だった。

埋めきれぬ実力の差に、俊平は次第に追い込まれていく。

と、その背後から凛とした声が届いた。

「待ちなよ。おめぇの相手は俺だったんじゃねえのかい？」

「ご、ご隠居……」

「手を出すんじゃねえぞ、若いの」

幸内はずいと前に進み出るや、半蔵に相対した。

しかし、その細身の体軀からは静かな闘気が発せられている。

半蔵は俊平を牽制しつつ、刀を中段に取り直した。

対する幸内は両手を体側に提げた、自然体のままで歩を進めている。

大川端を行き交う者はいない。無人の土手に聞こえるのは絶え間なく上がる花火の音と、俊平と参造の息づかいだけだった。

一足一刀の間合いへと踏み入った刹那、幸内は抜刀した。

鯉口を切れば即、鞘走らせるのが剣術の常道である。

そして刃筋を定めるのは、左手で操作する鞘だ。

幸内は鯉口を切るが早いか鞘を反転させ、逆袈裟に白刃を奔《はし》らせる。

半蔵の見舞った電光の突きが、抜きつけの初太刀に打ち払われる。

次の瞬間、幸内は流れるように振りかぶった刀を拝み打ちに斬り下げていた。

「……」

半蔵の膝が揺らぎ、どうと仰向けに倒れ込んでいく。

断末魔《だんまつま》の痙攣《けいれん》が止むのを見届けるまで、幸内は花火の轟《とどろ》きも気に留めず、足元に向けた剣尖と視線を微動だにさせずにいた。

「ご隠居！」

「動くんじゃねえ、若いの」

俊平が駆け寄ってきても、幸内は相手にしなかった。

残心《ざんしん》と呼ばれる、対敵動作の締めくくりである。

それは警戒の所作であると同時に、心ならずも討ち果たすに至った対手への敬意を込めてのことであった。

十

それから、一同は近くの辻番所《つじばんしょ》へ赴き、桐谷半蔵の亡骸を北町奉行所へ運ばせる手筈《はず》をつけた。

もはや参造は逃げようとはしない。命を救ってもらったことにより、やっと幸内と俊平を信じようという気持ちになったらしかった。

「さっくりと明かしてもらおうかね、参造」

辻番を呉服橋への使いに送り出すと、幸内はおもむろに問うた。

「へい……」

参造が大切に抱えていた振り分け荷物を開き、中から取り出したのは、一通の書状だった。やはり、幸内の読みは当たっていたのである。

「拝見するぜ」

幸内は片手拝みをして、書状を受け取った。

記されていた届け先は陸奥《むつ》国の水沢《みずさわ》――高野長英の郷里である。

長英は参造に知恵を授け、彫り物を施してやる代わりに、国許へ書状を届けることを頼んだのだ。

十中八九、天下に謀叛《むほん》を引き起こさんとする檄文書《げきぶんしょ》に違いない。

しかし、中を改めた幸内の反応は穏やかなものだった。

「……なるほどな」

俊平には見せようともせず、手紙を封に入れ直す。

「ご隠居……」

「勘違いしなさんな、若いの」

気色ばむ俊平に向き直り、幸内はさらりと告げた。

「こいつぁ物騒な代物じゃねぇよ。長英の遺書さね」

「遺書？」

「二度と戻れぬ我が身の不孝をお許しくだされって書いてあるだけよ。第一《でえいち》、どこに身内を謀叛に巻き込みたくて、檄文を届けてくれって頼む奴がいるんだい」

「そ……それはたしかに。ですが、このままでは……」

「見逃してやりねぇ、な？」

押し黙った俊平の肩を叩き、幸内は書状を参造に返して寄越した。

「行って参りやすぜ、旦那方」

さばさばした口調でそう告げるや、参造は辻番所を飛び出した。

俊平が躊躇している間に、参造の力強い背中はどんどん遠ざかっていく。

「大事ありますまいか、ご隠居」

「案じるには及ぶめぇよ」

夜道を去り行く参造を見送りながら、幸内は明るく俊平に告げる。

「入ってのは、まず信じることから入らにゃいけねぇって言っただろう？　あいつは必ず戻ってくるさね」

幸内がにっこり微笑むや、大きな音とともに高々と花火が上がった。

今宵の江戸はまだまだ明るい。

川開きの花火は、夜を徹して打ち上げられるのだ。

「おっ、また上がったぜえ」

辻番所の式台から身を乗り出し、幸内は顔を輝かせている。まるで遠い少年の頃に戻ったかのような、無邪気な笑顔であった。

参造を勝手に行かせたことが万が一にも露見して、自分がどのようなお咎めを受けることになるのかなど、端《はな》から考えていないらしい。

（この御方には叶わねぇや……）

苦笑しながら、俊平も夜空を見上げる。

今年の花火は、例年になく盛大なものだった。

葵の御紋を背負ってまで川開きに臨まんとした参造の頑張りは江戸中の花火師に伝

わり、かつてない奮起を促していたのだ。

むろん、参造が解き放ちになったことを知っている者はない。

未だに囚われの身になっているであろう仲間の無念を思いやり、代わりに自分たちが頑張ろうと仕込みに励んできた成果であった。

いかに公儀の権力が絶大であろうとも、江戸のすべての花火師たちを罪に問うことなど到底できるまい。

これ以上の無理を通せば庶民の怒りに拍車を掛け、将軍家のお膝元で打ちこわしが起こりかねないからだ。

「玉屋《たまや》～」

「鍵屋《かぎや》ぁ」

盛んに掛け声が飛び交う中を、幸内と俊平は肩を並べて歩いていく。

二人は奢侈取り締まりなど、どこ吹く風といった笑顔であった。

それから二月《ふたつき》後、東北への長旅から戻った参造は北町奉行所に出頭。神妙にお縄を頂戴し、再び裁きを待つ身となった。

鳥居耀蔵も、今度ばかりは無理を通すことができなかった。刺客として送り込んだ桐谷半蔵の亡骸を屋敷へ届けられ、同伴した北町奉行の遠山より、参造を殺害せんとしたのは如何なるご存念なのかと問い詰められたからである。

もとより、参造は死罪に問われるほどの大罪を犯したわけではない。

南北の町奉行が連名で幕閣に進言し、葵の御紋を焼き消すことを条件として格別に罪を許された参造は、当人の強い要望によって牢屋敷付きの下男となった。

あくまで人を信じることを本分とする、宇野幸内の誠意は裏切られなかったのだ。

そして三年後の弘化《こうか》元年（一八四四）、参造は高野長英が脱獄するに際して手を貸すことになるのだが、それはまた別の話である。

第四話　砕身の報酬

一

六月も末に差しかかり、梅雨明けした江戸では連日の暑さが続いていた。

炎天下で涼を取るには、川端に出るのが一番だ。

着流しの裾を川風にそよがせて、高田俊平は昼下がりの永代橋《えいたい》を渡っていく。

「気持ちいいなぁ……」

入道雲の浮かぶ空を見上げる顔も、何とも楽しげだった。

今日の俊平は非番である。

薄地に織られた夏紬をさらりと着こなし、角帯を浪人結びに締めている。いつもは閂《かんぬき》に帯びる大小の刀も、今日は出仕するわけではないので落とし差しにしていても構わない。見るからに寛いだ装いであった。

白木の下駄《げた》をからころ鳴らし、俊平は乾いた土手を歩いてゆく。

左手に提げた小ぶりの竹籠には、八丁堀出入りの魚屋に頼んで届けてもらった水貝と蜆《しじみ》の剝き身が入っている。これから宇野幸内の隠居所を訪ね、酒肴《しゅこう》を手土産にして共に一杯傾けようというつもりなのだ。

たゆとう流れを横目に、俊平は上流へ向かって歩を進める。

やがて新大橋が見えてきた。

大川と小名木《おなぎ》川の合流地点に架かる万年橋を渡り、和歌山《わかやま》藩下屋敷の角を曲がれば幸内の隠居所はすぐそこだ。

橋端の稲荷明神の前で一瞬立ち止まり、俊平はそっと手を合わせた。

ちいさな社《やしろ》の向こうに大川が見える。ちょうど荷船が一艘、ゆるゆると舳先《へさき》の向きを変えて小名木川に入っていくところだった。

俊平は籠を持ち直し、下屋敷の角を曲がる。

「お邪魔いたしまする」

「よぉ」

庭に入ってきた俊平を、土間に立った幸内は笑顔で迎えてくれた。

「ご精が出ますな」

「放っとくと伸び放題になっちまうんでなぁ……手が抜けねぇのさ」

苦笑する幸内は帷子の裾をからげ、小ぶりの鎌と笊《ざる》を提げていた。ちょうど畑の手入れを始めようとしていたところらしい。

隠居所の裏庭には畑があり、茄子《なす》や胡瓜《きゅうり》が植えられている。幸内は日がな一日部屋に籠もってばかりいるわけではなく、天気がよい日は畑に出て野良《のら》仕事に励んでいることを俊平はかねてより知っていた。

「ご隠居様、大事なものをお忘れですよ」

続いて出てきた憐が、そっと日除けの編み笠を差し出す。麻の単《ひとえ》に染め抜いた蚊絣《かがすり》模様が何とも涼しげだった。

「お手伝いいたしましょう」

憐に土産の竹籠を渡すと、俊平も裾をからげた。大小の二刀は彼女の手を煩《わずら》わせることなく、手ずから縁側に運んでいく。

「すまねぇな、若いの」

笑顔で答えながら、幸内は先に立って歩き出す。

「憐が湯を沸かしてくれるから、一仕事終わったら入っていきねぇ」

「そう言うていただけるだろうと思うて、酒の肴をお持ちしました」

「ほほう、何を持ってきてくれたんだい？」

「水貝と剝き蜆にございます」

「そいつぁいいや。ちょうど生姜《しょうが》の酢漬けもあるしな……」

頰被りの下で、幸内は目を細めた。

水貝はごく細いお作りにし、酢漬の生姜を千切りにして添えるのが江戸風の食し方である。そして剝き身の蜆は、酢味噌に季節の青葉を刻み込んだ青酢味噌と盛り合わせるのが常だった。

いつも隠居所で素麵《そうめん》や冷や奴《やっこ》を馳走《ちそう》になっている俊平は、幸内の畑に大葉《おおば》が絶えず繁っているのをもとより承知している。

「お前さんも気が利くようになってきたね、若いの」

口元を綻ばせ、幸内は俊平の肩を叩く。

空は明るく晴れ渡っている。

しかし、そんな平和な日々が続く中で、恐るべき奸計が進められていることなど、二人はまだ知る由もなかった。

二

大川を紅く染めて、夕陽が沈んでいく。

野良仕事を終えた宇野幸内と高田俊平が一風呂浴びてさっぱりし、貝の盛り合わせと塩揉み野菜を肴にして酒杯を重ねていた頃——。

隠居所から数町離れた深川の仙台《せんだい》堀端にある小さな居酒屋は、いつになく活況を呈していた。

ふだんは寄りつく客など碌にいない、煤《すす》けた店である。

それが今夜はどうしたことか、満席になっていた。

町場の居酒屋では酌婦を置かず、客はめいめいに板場まで足を運んで注文した酒と肴を受け取るのが常だった。

その点は中年の女将が一人で営む、この煤けた店も例外ではない。

腰掛け代わりの醤油樽に座した男たちは、炙《あぶ》った目刺しや焼き海苔といった簡単な肴をつまみながら中汲《なかぐみ》（濁《にご》り酒）を傾けている。

まともな商いをしていそうな者は、一人も見当たらない。

どの者も一様に人相が悪かった。派手派手しい縞柄や格子縞《こうしじま》の着流しの裾を無造作にまくり、剥き出しにした臑をぼりぼり掻いている者もいる。

楽しんでいる様子は、まったく感じられない。欠け茶碗に注いだ安物の中汲を、皆まずそうに啜っていた。

と、入口の縄暖簾《なわのれん》がおもむろに割れた。

姿を見せたのは、顎鬚《あごひげ》を生やした浪人だった。

身の丈は、およそ五尺七寸（約一七一センチメートル）。

すでに四十代に差しかかっていると思しき痩せた体に、陽に焼けた小千谷縮の単と茶染めの夏袴を着けている。やさぐれた雰囲気を漂わせていながらも刻み鞘の大小だけは武士らしく、きっちりと閂にして帯びていた。

浪人が入ってきたのを認めるや、板場から女将《おかみ》が姿を見せた。

身の丈こそ並だがげっそりと痩せており、髪にも肌にも艶がない。店の看板である女将がこの様子では、碌に客が寄りつかぬのも無理はないだろう。

「……来てくれたかい、神谷《かみや》の旦那」

「久しいの」

「すっかり待ちくたびれちまったよ。おかげで、あたしゃこの様《ざま》さね」

浪人に呼びかけながら、女将は乾いた声で笑った。

蘭《らん》、四十歳。

一年前に宇野幸内により捕らえられ、獄門に処された盗賊の頭《かしら》の情婦だった女だ。狛犬《こまいぬ》の権太《ごんた》と名乗っていた盗賊は、同業の中でも大物だった。なればこそ南町奉行所は全力を挙げて捕縛し、見せしめとして極刑に処したのである。

このお蘭とて縁者と知られれば連座して、罪に問われていたに違いない。

権太は溺愛《できあい》するお蘭に類《るい》が及ばぬように、あてがった居酒屋を隠れ家として用いることを配下たちにも厳重に控えさせていた。ために、さすがの幸内も所在を突き止められぬまま時が過ぎ、与力の職を辞して隠居したのだった。

今や、お蘭は病のために余命いくばくもない身である。

死期を悟ったがために復讐を望み、こうして生き残りの子分たちを集めたのだ。

一年も経てば、さすがにほとぼりも冷める。南北の町奉行所も火付盗賊改も、すでに狛犬一味は解散したものと見なしていた。

その隙を突き、お蘭は皆を呼び寄せたのだ。

神谷と呼ばれた浪人は、かつて一味の用心棒を務めていた男である。

神谷陣十郎《じんじゅうろう》、四十二歳。

この男、かつては仇持《あだも》ちであった。

権太が幸内に捕縛されたとき、陣十郎は自分を仇として執拗《しつよう》に追ってきた元朋輩《ほうばい》との果たし合いに応じており、護衛に就くことができなかった。

対手を返り討ちにして戻ったときにはすでに捕方の一隊が隠れ家に踏み込んでおり、権太は幸内の十手の一撃で長脇差を叩き落とされ、縄を打たれたところだったのだ。

「あの折の償いをせねばなるまい」

陣十郎は沈痛な面持ちで言った。

「ほんとにそう思ってくれてるのかい、先生？」

「無論ぞ」

即答する陣十郎に、お蘭は感謝の眼差しを向けた。

「嬉しいねぇ」

頰のこけた顔を綻ばせ、お蘭は微笑んだ。

「それじゃ、いよいよ明かさなくっちゃならないね……」

お蘭はそう言うと、懐中から折り畳んだ油紙を取り出した。

「あたしの在所《ざいしょ》に一軒家がある。元は名主の持ち物だったのを、お頭が昔、あたしのためにに買っておいてくれたものさね。場所はここに描いてある通り……お前さんたちが欲しがってたお宝は、床下に埋めてあるよ」

仇を取る報酬として、お蘭はこれまで秘していた一味の隠し金の在りかを教えるというのだ。

「偽りではあるまいな？」

「地獄までお宝を持っていけるはずもあるまいし、うちの人の仇さえ討てれば未練はないさね」

「さすがだな、姉御《あねご》」

陣十郎は口の端を緩めた。

とは言え、お蘭の心意気に感じ入ったわけではない。

陰のある横顔に浮かべたのは酷薄《こくはく》な、相手を突き放すような冷笑だった。

「な、何だい先生？」

お蘭が異変に気づいたときには、もう遅かった。

「おぬしの覚悟はしかと聞いた。されば、安堵して旦那の許へ参るがよかろうぞ」

告げると同時に、陣十郎は鯉口を切った。

「ぎゃっ！」

飛び退《すさ》ろうとした格好のままで、お蘭が細い四肢を突っ張らせる。

急角度で抜き打った刀を、陣十郎は続けて一直線に突き出していた。

「お頭に伝えてくれい。一味の跡目は儂が継いでやる故、いつまでも現世を彷徨《さまよ》うておらずに成仏せえとな」

淡々と宣しながら、陣十郎は柄にゆっくりと左手を添える。

とどめを刺されたお蘭が完全に動きを止めたのを見届けるや、子分たちは一斉に立ち上がった。

「やった、やった！」

「これで隠し金が手に入るぜぇ！」

小躍りする子分たちを、陣十郎はじろりと見返す。

「静かにせい。すべては仕事を済ませてからのことぞ。先走る者は許さぬゆえ、そのつもりでおれ」

釘を刺したのは、何もお蘭との約束を守るためではない。

聞けば幸内は隠居したにも拘わらず、南北の町奉行に折に触れて知恵を貸し、幾つもの難事件を解決に導いているという。

このまま陣十郎らが江戸で仕事を始めれば、またしてもしゃしゃり出て来て邪魔をするであろうことは目に見えている。そうである以上、一刻も早く幸内を排除することが必要だった。

それに、亡き権太の跡目を正式に継ぐためにも、仇を討つのは当然の責である。同業の盗っ人たちの間で軽んじられぬためには、幸内を倒さなくてはならないのだ。その上で晴れて一味を率い、新たな頭目となって盗っ人稼業を再開しようと陣十郎は考えていたのである。

「頼みますぜ、先生」

「わっちらもお手伝いしやすぜ」

居並ぶ子分たちの意気は高い。

どんな荒事も厭《いと》わぬ、血の気の多い者ばかりだ。南町の元敏腕与力を敵に廻すことなど、些かも恐れてはいない。

「宇野幸内、か……」

血刀を拭いながら、陣十郎は不敵に微笑む。

狛犬一味を継ぐことにも増して、闘志が高まっている様子だった。

陣十郎は落ちぶれたとはいえ、剣客としての矜持《きょうじ》まで捨ててはいない。自分が一度はお頭と仰いだほどの遣り手だった狛犬の権太を見事に捕らえ、獄門にしてのけた宇野幸内なる切れ者与力と、ぜひ真剣勝負をしてみたい。

そんな想いに駆られていたのだった。


子分たちを率いた陣十郎は、夜明け早々に居酒屋を後にした。

お蘭が名指しした復讐の相手には幸内だけでなく、捕物を補佐した鑓持ちの政吉も含まれていた。今は霊巌寺の寺男をしているという話も、あらかじめ聞いてある。

お蘭の亡骸は、昨夜のうちに床下の奥深くに埋めた。

腐臭が漂い出て、近所の者が異変に気づくまでに片をつけるつもりなのだ。

まずは政吉を狙い、生け捕りにする。

その上で幸内をおびき出し、一対一で決着をつける。

それが陣十郎の腹積もりだった。

三

寝起きを襲われた政吉は、ひとたまりもなかった。

寝苦しさに負けて、つい深酒をしてしまったことを悔やんでも後の祭りである。

「てめぇら、どこの者《もん》でぇ！」

政吉が住まいにしている本堂裏の小屋に忍び入った子分たちは機敏に飛びかかるや数に任せて殴り倒し、速やかに縛り上げた。助けを呼ぶ閑《ひま》もない。

「く……」

「殺しはせぬ。安心せい」

縛り上げた政吉を、陣十郎は冷たく見返す。

「うぬが命、宇野幸内めを斬り捨てるまで預けておいてやろうぞ」

「ふざけるねぇ！」

政吉は血の混じった唾を思い切り吐きつける。

陣十郎は無言のまま政吉を睨《ね》めつけ、頬にかかった唾を手の甲でぬぐう。

だが、怒りに任せて斬りつけたりはしない。あくまで生かしておいたまま、確実に幸内を誘い出すための餌にするつもりであった。

かっぱらってきた辻駕籠に政吉を乗せて、子分たちは居酒屋に引き上げた。

一方の神谷陣十郎は独り、八丁堀へと向かった。

顎髭を生やしているのを除けば、きちんとした身なりをしている。

町奉行所の同心たちが集住する八丁堀界隈に足を踏み入れても、不審がられる恐れはなかった。

ちょうどこれから出仕しようというところに、いきなり訪ねてきた見知らぬ浪人を見て、高田俊平は不思議そうな顔をした。

「おぬしは……？」

陣十郎は、幸内の下で働いている若同心の俊平のこともすでに調べをつけており、使い走りとして利用しようと現れたのだ。

「こちらの素性などはどうでもよかろう」

陣十郎は無遠慮に言うと、不敵な笑みを浮かべた。

「おぬし、政吉という男を存じておるな」

「知っておるが……政吉のとっつぁんがどうしたのか」

「故あって身柄を預かった。その旨、宇野幸内に疾《と》く伝えてもらおう。今宵の四《よ》つ刻《どき》、十万坪で待っておるとな」

「何っ……」

気色ばんで身構える俊平に、陣十郎は事もなげに告げた。

「狛犬の権太の仇討ちと申せば判るはずじゃ。必ずや、宇野幸内一人で参るよう伝えてくれ」

「ば、馬鹿を申すなっ。おぬし正気か」

「至って正気じゃ。まぁ、うぬが助太刀をしても一向に構わぬがな」

「おのれ！」

悠然と踵《きびす》を返した陣十郎に、俊平は押《お》っ取り刀で飛びかかる。

刹那、重たい金属音が上がった。

俊平が抜き打った刀を、陣十郎は佩刀の柄で受け止めていた。

まともに刃が食い込めば、柄は両断されたはずである。陣十郎は機敏に向き直るや、斬りかかってくる俊平の刃筋を瞬時に読み取り、峰の方を押さえ込んでいたのだ。

「うう……」

俊平が相手を討ち取るには、力量の差がありすぎた。

「大人しゅう使いをすることだ。さもなくば、うぬばかりか政吉の命もないぞ」

呻く俊平の耳朶を、陣十郎の余裕に満ちた声が打つ。

「おの……れ……」

「さらばだ」

合わせた刃を打っ外《ぱず》し、陣十郎は悠々と背を向ける。

俊平は全身を硬直させたまま、もはや追いすがることさえできずにいた。

四半刻後、新大橋の隠居所では、幸内が俊平の知らせを受けていた。

「そうかい、狛犬一味の意趣返《げえ》しか……」

「速やかに手勢を集めましょうぞ、ご隠居っ！」

「そうはいくめぇよ」

焦る俊平を、幸内は落ち着いた口調で諫める。

「敵さんは俺に一人で来いって言ってたんだろう？　政吉を返《けえ》してもらうにゃ、言うことを聞くより他にあるまいよ」

幸内は何の気負いもなく、淡々とつぶやいた。命を懸けて、たった一人で政吉を救出しようというのである。

「知らせてくれてありがとうよ。お前さんは早いとこ奉行所へ出仕しな」

「ご隠居……」

「とっつあんを死なせたくなけりゃ、お奉行方にゃ内密に頼むぜ」

戸惑う俊平にそれだけ告げると、幸内はぴしゃりと板戸を閉めた。

突き放した態度を取られても、俊平にはどうすることもできない。

仮に奉行所が大挙して一味の捕縛に乗り出せば、元も子もなくなるであろう。そんなことになれば、政吉は必ずや殺されるに違いなかった。

狛犬の権太なる盗賊の名は、俊平も耳にしたことがある。

押し込んだ先では皆殺しにするのが常套手段《じょうとう》で、幸内が御用鞭（逮捕）にするまで一度として尻尾を掴まれたことがなかったという。

そして、頭目の権太が獄門に処された後も一味は生き残っており、復讐を遂げる機会を虎視眈々《こしたんたん》と狙っていたのだ。

敵の頭数が幾人なのか、どれほど腕が立つのかは杳《よう》として知れない。

それでも幸内は単身、敵陣に乗り込もうとしているのだ。

（一体、俺に何ができるのか……）

すでに陽は高い。

照りつける陽光の下で歩を進めながら、俊平は独り考えあぐねるばかりだった。

神棚の十手を取り、幸内は囲炉裏端に腰を下ろす。

膝元には丁字油《ちょうじあぶら》の小さな壺と懐紙の束、そして庭の植え込みの木賊《とくさ》を乾かしたものが置かれていた。

「ご隠居様……」

「案じるには及ばねぇよ」

十手の錆を落とし始めた幸内は、案じ顔の憐に笑顔で告げる。

「政の奴は必ず助け出すさね。安心しねぇ」

「ですが、もしものことがあっては……」

「お前さんを残して死にやしねぇさ」

答える幸内の声はあくまで明るい。

「万が一のときにゃ、俊の字を頼りな。あいつにならあ俺もお前さんを、安心して任せられるさね」

「……」

黙り込んだ憐をよそに、幸内は十手の手入れを続けた。

時をかけて磨き上げた十手を提げて奥の部屋に入り、刀架に置く。

代わりに持ってきた大小の二刀の寝刃《ねたば》を合わせ、丁字油を丹念に塗る。

戦いの支度を進めていく幸内の双眸には静かな、しかし揺るぎない決意が宿っていた。

四

夜が更けて、酉《とり》の刻を過ぎた頃、高田俊平は再び新大橋の隠居所に現れた。

冠木門の前に立った俊平を、幸内は驚いた顔で迎えた。

「若いの、お前……」

「ご隠居をお一人で行かせるわけには参りません」

俊平は夏羽織の下に撃剣用の竹胴を着込み、籠手《こて》まで着けている。

「まるで討ち入り支度《じたく》だなぁ」

苦笑しながらも、幸内は頼もしげに若者を見返す。

「敵は血も涙もねぇ、けだものばかりだぜ。それでも本気で助太刀してくれるってのかい」

「はい！」

鉄鉢巻《かなはちまき》の下から力強い視線を向けながら、俊平は頷き返す。

「長生きできねぇ質《たち》だな、お前さんも……」

幸内はおもむろに手を伸ばし、俊平の襟元を覗き込んだ。

「気持ちはありがてぇが、この形《なり》じゃ、たちまち膾《なます》にされちまうぜ」

「え？」

「入りな」

俊平を隠居所へ招《しょう》じ入れるや、背後に廻った幸内は竹胴の紐《ひも》を解き始めた。

「な、何をなさいます！」

「こんなもんを着込んでいたら、動きにくいばかりだぜ」

抗《あらが》う俊平の鉄鉢巻を解き、幸内は籠手も引っこ抜いた。

「刃筋《はすじ》を通すことを知ってる奴の手にかかれば、防具も役に立ちやしないのさ。硬いもんほど斬れやすいってことさね」

「……」

「それよりよ、こいつを単の下に着けていきねぇ」

そう言いながら幸内が指差す先には、憐が静かに立っていた。

「どうぞ」

差し出されたのは紙衣《かみこ》である。

厚く漉《す》いた紙には全体に霧が吹かれており、しっとりと湿りを帯びていた。

「博徒は喧嘩出入りのときにゃ、濡らした紙を膏薬みてぇに体じゅうに貼っ付けてくそうだぜ。諸肌脱いでいても、そうすりゃ刃が通らねぇそうだ」

「真実でございますか……」

「水で湿してあれば暑さしのぎにもなるしな、一挙両得ってやつさね」

微笑む幸内に見守られながら俊平は単を脱ぎ、心尽くしの紙衣を素肌に羽織る。憐がすぐ目の前に立っていても、不思議と恥ずかしいとは思わなかった。

粛然《しゅくぜん》とした空気の中で、俊平は身支度を終えた。

「寝刃は合わせてあるか」

「はい」

二刀を帯びた俊平は力強く答える。

「十手は……さすがに持ち出せなかったな」

そう告げる幸内は、磨き上げた十手を帯前に差している。袴の股立《ももだ》ちは取らず、敵の刃を喰らわぬように裾を垂らしたままでいた。

「内密にとの仰せにございましたので……」

「そんなら、こいつを持って行きねぇ」

幸内が顎をしゃくると、再び憐が何かを両手で捧げ持ってきた。

憐が取ってきてくれたのは鉄鞭《かなむち》だった。三尺（約九十センチメートル）余りの細い鉄棒を丈夫な革でくるんだ、与力が捕物出役《でやく》のときに携行する捕具である。

「俺が不在のときの用心に渡してあるんだがな、こいつぁ効くぜ」

「お借りしてもよいのですか、お憐さん？」

「もちろんです」

改めて問いかけた俊平に、憐はこっくりと頷いた。

「殿様と政小父さんを、よろしくお頼みいたします」

「承知した」

自信を込めて答える俊平の手を、憐がそっと握りしめる。

「ご武運を……」

「う、うむ」

たちまち頰を赤らめる若者を、幸内は優しく見守っていた。

冨岡八幡宮《とみおかはちまんぐう》の門前町を抜けて、二人は歩を進めていく。

傍目には、夜の散歩に出た武家の父子といった風体である。

仰々しい装備は、すべて隠居所に置いてきた。

羽織の前紐を結んでおけば、佩刀に差し添えた十手も鉄鞭も目立ちはしない。

同行を願い出た俊平と二人きりで死地へ乗り込もうとしていながら、幸内は些かも動じてはいなかった。

静寂に包まれた木場《きば》を抜け、江戸湾を間近に臨む埋め立て地へ出る。

深川十万坪であった。

高い葭《あし》の生い茂る野原に立ち、幸内は一声呼ばわる。

「俺を探してるってのは、どなたさんかね」

「宇野幸内か！」

暗闇に太い声が響き渡るや、抜き身を手にした浪人——神谷陣十郎が姿を見せた。

ざざっと葭を掻き分け、子分たちが飛び出してくる。どの者も手に手に長脇差や短刀を握っていた。

「連れを引き取りに来た。早いとこ出してもらおうか」

「応《おう》」

幸内の呼びかけに頷き、陣十郎は顎をしゃくった。

政吉は浜の近くに転がされていた。がんじがらめに縛られており、自分ひとりでは立ち上がることもできぬ状態にされている。

「返して欲しくば、あそこまで参ることだな」

「すんなり通しちゃもらえねぇのかい？」

「くだらぬことを聞くでない」

陣十郎は酷薄な笑いを浮かべた。あくまで幸内の命を自らの手で奪うことだけが、剣客であるこの男の目的なのである。

「仕方ねぇな」

幸内は頭を振ると、俊平に小声で言った。

「できるだけ斬るな、若いの」

「はっ」

力強く頷くと、俊平はすかさず前に出た。

「野郎！」

「くたばりやがれ!!」

口々に喚きながら、子分たちが殺到してくる。

俊平は、手にした鉄鞭をぶんと振るった。

鋭く空気を裂いた鉄鞭が、子分の手元を打ち据える。

「うう……」

堪らずに取り落とした長脇差を踏んづけ、俊平は二の鞭を叩き込む。

「わあっ」

悶絶《もんぜつ》した子分をそのままに、俊平は次なる敵へ向かっていく。

「こ、こいつ！」

動揺しながらも、突いてくる敵の短刀は速かった。

右に左に体《たい》をかわし、俊平はじりじりと肉迫する。絶えず鞭を旋回させ、威嚇しながら前進していく。

刀に比べれば、鉄鞭は遙かに軽い。

それでいて、一撃すれば骨まで届く衝撃を与えることができるのだ。

多勢の敵を相手取るには絶好の得物《えもの》と言えよう。

「やっ！」

気合いを発して圧倒しつつ、俊平は鞭を振るい続けた。

幸内は剣の腕は比類ないが、寄る年波で持久力はない。

強敵の神谷陣十郎との対決のみに注力してもらえるよう、走り回って奮戦するのが自分の役目と心得ていたのである。


一方の幸内は、抑えた声で陣十郎に問いかけた。

「お前さん、どうしても俺を斬ろうってのかい？」

「強い奴ほど放ってはおけぬ質なのでな」

幸内の言に、陣十郎はふてぶてしく答える。

その周囲には、すでに幸内に打ち据えられた子分たちが転がっていた。

いずれも十手の一撃で叩き伏せられたのである。

雑魚《ざこ》が蹴散らされるまでの間中、なぜか陣十郎は手を出そうとしなかった。

（こいつ、俺が疲れるのを待っていやがったな……）

呼吸の乱れを気取られぬように鼻で静かに息を継いでいても、足元がよろめきつつあるのは隠しようがない。

陣十郎は余裕の態度で刀を中段に取り、剣尖を喉元に向けて構えている。正統派の道場剣術を学んできたことを窺わせる、きれいな構えだった。

それでいて人斬りにも十分に慣れているのだから、手強《てごわ》いこと極まりない。

まだ幸内は刀を抜いていなかった。

抜き付けの初太刀で制さぬ限り、自分に勝機は有り得まい。

まさに鯉口を切る瞬間が勝負だった。

「来い、じじぃ！」

陣十郎は声を荒らげ、頻《しき》りに煽る。

自身は平静を保ちつつ、相手の動揺を誘おうとしているのだ。

もとより、幸内は承知の上だった。

威嚇の音声《おんじょう》などは屁とも思わないが、対手には若さ故の体力がある。自分からは疾うに失われてしまったものだった。

（きついな）

抜きつけた最初の一刀が空《くう》を斬ってしまえば、もはや後はない。体力に任せて追い立てられ、膾斬りにされてしまうのが落ちであろう。

だが、断じてそうなるわけにはいかない。

（落ち着け）

己に言い聞かせながら、幸内は手のひらの汗を袴でぬぐう。

「どうした」

陣十郎が声高に言った。

剣尖は小揺るぎもせず、こちらの喉元に向けられている。

突いてくるのか、それとも振りかぶりざまに斬ってくるのか。いずれにしても、間合いに踏み込んできた瞬間を見逃してはならない。

幸内はじりっと一歩、前に出る。

陣十郎はその場に踏みとどまったままである。

一足一刀——抜刀して踏み込めば即座に刃が届く圏内に、幸内はじりじりと近づいていった。

「む！」

低く声を上げると同時に、両の手が挙がった。

鞘が横一文字に引き絞られる。

鯉口から迸《ほとばし》り出た銀光が、闇を裂いて奔《はし》る。

刹那、軽やかな金属音が響き渡った。

真っ向から斬りつけてきた陣十郎の刀を、幸内は抜き打ちで弾き返したのだ。

「うぬっ」

負けじと陣十郎は八双に構え直す。

その胴目がけて、幸内は一直線に突きを見舞っていた。

「ぐ……」

脾腹にめり込んだ白刃が血に染まっていく。

陣十郎の膝が震えた。

対する幸内は荒い息を吐きながらも、柄を握った両手に力を込める。

「じじ……ぃ……」

切れ切れに、陣十郎は苦悶の声を上げる。

しかし、もはや刀を持ち続けていることはできなくなっていた。

足元に鮮血が滴《したた》り、血濡れた地面にからりと刀が落ちる。

崩れ落ちた陣十郎の痙攣がやむのを見届け、幸内はずっと刀を抜いた。

「ご隠居！」

俊平がこちらに向かって必死で駆け寄ってくる。

縛めを解かれた政吉も、よろけながら後に続いていた。

「やったな」

幸内は汗まみれの顔に、微かな笑みを浮かべている。

まさに体力を振り絞っての激闘だった。

政吉を決して見捨てるまいとする強固な一念の下に、自らの命を賭けて事を成したのだ。

「後は北町に任せたぜ、若いの」

満足げな笑みを俊平に投げかけながら、幸内はゆっくりと納刀する。その横で政吉は大きな背中を丸め、涙を浮かべて佇んでいた。

「申し訳ありやせん、殿様……」

「大変だったなぁ、政」

幸内は政吉に肩を貸し、支え合いながら歩き出す。

(俺も、あのように齢を重ねられるだろうか……)

二人の後姿を眩しげに見送りながら、俊平はそう胸の内でつぶやくのだった。

五

狛犬一味の残党を北町奉行所が一網打尽にし、凶行を未然に防いだ一件はたちまち江戸市中に広まった。

それは同時に、番方若同心・高田俊平の大手柄でもあった。

本郷の実家に里帰りした俊平は鼻高々だった。

「よくやったねぇ、俊ちゃん!」

姉の綾は近所中に触れ回り、小諸屋には祝いの品が山と届けられた。実父の太兵衛も目尻を下げっぱなしで、息子の出世を手放しに喜んでくれている。

こたびの手柄により、俊平は定廻同心に取り立てられたのだ。

一介の見習いが奉行所の花形である定廻に抜擢され、捕物御用に携わる同心の証《あかし》として朱房《しゅぶさ》の十手を授けられるとは、前例のないことと言えよう。

北町奉行・遠山左衛門尉景元の評判もいよいよ鰻登《うなぎのぼ》りとなり、その名声は江戸市中のみならず諸国にまで知れ渡った。

だが、その背景に南町奉行所の元吟味方与力・宇野幸内の活躍があったことを知る者はいないはずであった。


かくして、事件から一月《ひとつき》が過ぎた。

七月も末となれば、陽暦では八月下旬に当たる。

江戸では厳しい残暑が続いていたが、宮仕えであれば誰もが皆、寒暑を問わず出仕に及ばなくてはならない。

南町奉行の筒井伊賀守政憲は今日も定刻通り朝四《よ》つ（午前十時）に登城し、芙蓉之《ふようの》間《ま》で執務していた。

北町の遠山は暑気あたりで体調を崩し、本日は休みを取っている。頑健そのものの男にしては、実に珍しいことだった。

（鬼の霍乱《かくらん》というやつだの）

文机に向かって筆を執りながら、筒井はくすりと笑う。

と、芙蓉の描かれた襖の向こうから茶坊主の声が聞こえてきた。

「西ノ丸御留守居役、矢部左近衛将監様がお越しにございまする」

「うむ」

筆を置いて向き直ったときには、もう筒井の表情は厳しく引き締まっていた。

筒井にとっては、好ましからざる来客である。

矢部左近衛将監定謙は、町奉行職を虎視眈々と狙う奸物だ。

南町奉行を長年務める筒井を妬み、追い落とそうと頻りに画策しているらしいことはかねてより聞き及んでいた。

そのような手合いの来訪を受けて、甘い顔など見せてはいられまい。

「御免」

茶坊主が襖を開けるが早いか、矢部はずかずかと芙蓉之間に入ってきた。

本来ならば、まずは敷居際で一礼するべきところであろう。まして、一回り近くも年上の者への振る舞いではあるまい。

しかし、不作法者に対して同じく非礼に接するのは凡夫《ぼんぶ》の遣り方だ。

「これは駿河守殿、お久しゅうござる」

筒井は膝を揃え、慇懃に頭を下げた。

「貴公もご息災で何よりですな」

矢部は態度だけではなく、その口調もぞんざいだった。

「さすが、名奉行ともなると余裕がござるのぅ」

「恐れ入りまする」

筒井はあくまで折り目正しい。表情のない顔で、淡々と接するばかりである。

その様を見やりつつ、矢部は不気味に口元を歪めた。

「それにしても伊賀守殿、世の中には頼もしき隠居がおるものですな」

「はて……何のことでありましょうや」

「おとぼけ召さるな」

冷笑を浮かべたまま、矢部は懐中に手を差し入れる。

取り出されたのは分厚い調書だった。

「身共《みども》はすべて承知の上じゃ。ほれ、この通り」

賢《さか》しらげに言いながら、矢部は調書の綴《つづ》りを拡げてみせる。

「む……」

筒井が思わず眉根を寄せたのも無理はない。

見せつけられた調書には、宇野幸内がこれまで密かに為してきた働きがことごとく記されていたのである。

一万両消失に百化けの連続殺人。

花火師の参造に目こぼしをし、奉行所に連行したと見せかけて川開きの花火を打ち上げさせたことまでも矢部は押さえていた。狛犬一味を捕縛した折に凄腕の用心棒を斬って捨てた件も、すでに露見している。

「終わりよければ全てよしとは申しますが、仮にも町奉行たる者が一介の隠居にそそのかされ、死罪と決まりし下郎《げろう》を解き放つとは、やりすぎにもほどがありましょう」

「……」

筒井は思わず黙り込んだ。

到底、矢部の独力で暴き得ることではあるまい。

よほど探索に秀でた者が協力し、調べ上げたに違いなかった。

「貴公も遠山殿も隠居せし与力に助勢を乞《こ》うていて、よくも涼しい顔で名奉行などと呼ばれておられるものですな。身共ならば恥ずかしゅうて、とても世間に顔向けできませぬぞ」

「して、それが如何したと申されるのか、駿河守殿」

嘲笑を浴びせられながらも、筒井は平静を失いはしなかった。

「我らは冥利《みょうり》のために身命を賭する者には非《あら》ず。宇野とて一文の利にもならぬと承知の上で、江都の民《たみ》の安寧《あんねい》を守らんがために力を貸してくれておるまでのこと。何処の閑人《ひまじん》が調べたのかは存ぜぬが、北町と南町、老いと若きが心をひとつにして為したる働きに何の恥じるところがござろうか」

「物は言い様ですな」

筒井の毅然《きぜん》とした態度を目の当たりにしても、矢部は鼻先で笑うばかりだった。つくづく、ふてぶてしい男である。

「とまれ、恥と知りなさることだの。さもなくば遠からず、町奉行の職を失うことになりましょうぞ」

「だ、黙らっしゃい！」

「そうそう、お怒り召された上は自ずと頭も冷めましょう。ははは……」

思わず声を荒らげた筒井に哄笑《こうしょう》を浴びせかけるや、矢部は立ち上がり、意気揚々と踵を返す。

大胆不敵ながらも、矢部は用意周到な挑戦状を叩きつけたのであった。

西ノ丸の詰所に戻ってきた矢部を、一人の男が待っていた。

「お疲れ様にございました、駿河守様」

悠然と上座に着いた矢部を労うのは誰あろう、目付の鳥居耀蔵だった。

「貴公が算段通りじゃ。首尾は上々ぞ」

矢部は得意げに、芙蓉之間での舌戦《ぜっせん》の一部始終を鳥居に語り聞かせた。

「それはよき揺さぶり様でありましたな。さぞ、伊賀守も肝を冷やしたことでございましょう」

「さもあろう、さもあろう」

矢部は皮肉な笑みを浮かべる。

沈着冷静な筒井をして思わず瞠目させた調書の内容は、鳥居が配下の御小人目付を総動員して調べ上げたものだった。

「伊賀守め、開き直りはしたがの……相当に堪えておるのは間違いあるまいて」

「もう一押しでございますな」

追従《ついしょう》の笑みを浮かべつつ、鳥居は続けて言った。

「今ひとつ、あやつには付け入る隙がございますぞ」

「真実か？」

「南町の年番方与力に、仁杉五郎左衛門なる者がおりまする」

「聞いておる。なかなかの切れ者だそうだの」

「左様。先の飢饉の折には御救米の買い付けを任され、伊賀守めの信任も厚いと聞き及んでおります」

鳥居が言っているのは四年前、天保七年（一八三六）の飢饉の折のことである。飢えた江戸の民に放出する御救米の調達を命じられた南町奉行所は、首尾よく大任を果たしている。そのときの現場責任者が、仁杉だったのだ。

「して、仁杉とやらを何とするのだ?」

怪訝そうに問いかける矢部に、鳥居は狡猾な笑みで応じた。

「気の毒なれど、人身御供《ひとみごくう》になってもらおうかと……」

「陥《おとしい》れる策があると申すのか」

「ございます」

鳥居は自信を込めて頷いた。

「人を善なる者と信じ、救わんとする輩《やから》ほど、後々に墓穴を掘りやすいものです」

「ふむ」

「仁杉めは伊賀守の黙認の下に、米問屋どもが買米の不手際で生ぜしめた損金の帳尻を巧妙に合わせてやった由。申すまでもなく、これは御公儀の取り決めに背いた所業でございます」

「何と……」

「駿河守様が手蔓《てづる》を以てすれば、裏付けを取るは易きことにございましょうぞ」

この鳥居の提言は、矢部の前職を踏まえてのものだった。

矢部は閑職の西ノ丸留守居役に左遷《させん》される以前、ちょうど江戸が飢饉に見舞われた頃に勘定《かんじょう》奉行を務めていた。

その当時に御救米の一件に気づかなかったのは迂闊《うかつ》と言えようが、まだ当時の人脈は生きており、今からでも調べ直すことは可能である。鳥居のように市中を探索する手蔓は持たない矢部だが、帳簿上のからくりを摘発するのはお手の物だった。

「でかしたぞ、鳥居」

矢部は勢い込んで立ち上がった。

たしかに、これは有力な情報と言えよう。

御救米は公儀の命を受けた御用商人が資金を出し、それを預かった米問屋が買い付けに当たったはずである。

むろん、予算は厳守しなくてはならない。

しかし、米は産地別の出来不出来や入荷の状況によって値が変動するため、必ずしも予算の枠内で賄《まかな》えるとは限らない。実地に買い付けをする米問屋にしてみれば、損を背負い込む危険を伴う役目だった。

鳥居曰く、仁杉は捕物御用に就いていた頃から、立場の弱い者を庇うのが常だったという。そのような手合いならば米問屋たちに損をさせぬため、御法度《ごはっと》に触れる金策をしていても不思議ではなかった。

しかし、それはとても一介の与力が独断で為し得ることではない。

南町奉行の筒井は事実を知りながら見て見ぬ振りをし、配下の仁杉が御救米の買い付けに伴う差損の補塡《ほてん》をするのを黙認したはずだった。

仁杉の不正さえ確定すれば、自ずと筒井を失脚させることができるのだ。

これは徹底して追究する価値がある。矢部はそう確信していた。

六

爾来《じらい》、矢部は執拗な探索を開始した。

勘定奉行の頃の人脈を駆使し、御救米の資金を提供した御用商人が所持する当時の書類の控えも余さず調べ上げた。

鳥居も引き続き、矢部を支援することを惜しまなかった。

「銭勘定は不得手にございますが、人の弱みを探り出すのは得意にございますのでな……お任せあれ」

満を持して矢部に請け合い、鳥居が狙いを付けたのは米問屋だった。

人を信じることを信条とする宇野幸内と違って、この鳥居は何であれ疑ってかかることから入る質である。

御救米の買い付けに際して南町奉行所から受けた庇護《ひご》への感謝の念など、当事者たちはとっくに忘れているはずだ。

また、庇ってやる価値などはそもそも持っていない輩だったに違いない。

米価の変動に伴う差損の他にも、予算に穴が空いた理由が必ずやある。何かもっと薄汚い、欲得ずくのことで超過したのではないか。

かかる鳥居の示唆《しさ》を受けた配下の御小人目付は、ついにさる米問屋の使い込みを摘発するに至った。

かつて越後《えちご》まで買米に出向いた手代たちが、店から三百両もの大金を着服していたのだ。

南町与力の仁杉はそんな手代たちの行いに目を瞑り、金策をして損金を工面することで表沙汰にせずに済ませてやったのである。

当の手代たちは疾うに全員お払い箱になっていたが、鳥居お得意の人海戦術を以てすればその行方を探し出し、身柄を押さえるのは簡単なことだった。

「うぬらが為したるは御公儀への不敬ぞ。死にたくなくば、しかと白状せえ」

屋敷へ連行して直々に取り調べ、責め問いの末に口を割らせた鳥居は全員から爪印を取り、不正の動かぬ証拠のひとつとして矢部に提出した。

いかに仁杉五郎左衛門当人の口が堅く、隙を見せない傑物であろうとも、この手代たちのように意志の弱い、恩人を庇い通そうという気概も持っていない輩ならば責め落とすのは容易い。

かくして矢部と鳥居は南町奉行を失脚させるべく、着々と外濠を埋めていったのである。

七

大川に土左衛門《どざえもん》が浮かぶのは珍しいことではない。

しかし複数の亡骸が同時に、それもことごとく判で押したかのように鋭い太刀筋で仕留められた状態で見つかったとなれば、町奉行所も放ってはおけなかった。

「よほどの手練でなけりゃ、こんなにばっさり殺れるはずがないんだがなぁ……」

朝一番で検屍に出向いた高田俊平は土手に立ち、怪訝そうにつぶやいた。

剣を学ぶ身として、冷静に判じたことである。

仮に自分が刀を振るったとしても、こうは上手くいくまい。

水を吸って二目と見られぬ様に成り果ててはいても、受けた傷跡まで消えてしまうわけではない。

殺された男たちはいずれも袈裟がけの一刀で、正面から斬られていた。

理不尽に刃を向けられて、大人しく死を待つ者などがいるはずもないだろう。

俊平は亡骸を調べていくうちに、己自身で疑問を解いた。

「……やっぱりな」

膨れ上がった死体を入念に調べ、縛られた跡を見出したのである。

いずれも縄を打たれ、身動きを封じられた上で凶刃を喰らったのだ。据物斬りと同じ状態となれば、ただ一太刀で仕留めるのも可能だったに違いない。

そうだとしても、博徒の私刑などではあるまい。

殺された男たちは身なりから察するに、堅気の町民ばかりである。それに着衣は尾羽《おば》打ち枯らしたものであり、生前は日々の糧《かて》にも窮して痩せこけていたと見なされた。博徒から命を奪われるほどの恨みを買うのは、往々にして懐《ふところ》の暖かい者だ。身なりだけでは決めつけられないが、とても賭場に出入りしていざこざに巻き込まれるような手合いとは思えない。

なぜ、周到な遣り口で密殺されなくてはならなかったのだろうか——。

思いあぐねる俊平に、政吉が野太い声で呼びかけた。

「よろしいですかい、旦那」

このころ、政吉は正式に俊平配下の岡っ引きとなっていた。

俊平が定廻同心に抜擢されたのに伴い、ぜひ抱えの岡っ引きとして雇ってほしいと自ら申し出てくれたのである。

捕物御用に就いたばかりの若者にとって、老いたりとはいえ腕が立ち、人脈も広い政吉ほど頼りになる助っ人はいない。今日も寺の仕事は閑だからと言って、検屍に同行してくれていたのだ。

「さっきから、どっかで見たことのある顔じゃねぇかって思案してたんですがね……。この連中、むかし佐賀《さが》町の米問屋で手代をしていた若い衆《し》に似ておりやすぜ」

「ほんとかい、とっつあん？」

「年寄りってえのは昨日のことは忘れちまっても、何年も前のこたぁよく覚えているもんなんでさ……ちょいと、御免なすって」

大きな体を折り曲げて、政吉は亡骸の面体《めんてい》をひとつひとつたしかめていく。老眼でも鼻がくっつくほどに近づければ、見誤ることはない。漂う腐臭など気にも留めず、政吉は真剣な面持ちで確認作業を続けた。

「間違いねぇや」

顔を上げた政吉は、太い鼻をこすりながらつぶやいた。

「こいつらは、殿様が昔にお取り調べをしなすった連中ですぜ」

「ご隠居が？」

「へい。もう四年も前のこってす」

「されば、身許はわかるのだな」

「南のお奉行所に調べ書きが残っているはずでござんす。まぁ、殿様にお伺いすりゃ、即座に答えてくださるこってしょうがね……。関わりなすった事件《こと》についちゃ、ぜんぶ頭ん中に入っていなさるんですから」

「そうか。やったなぁ、政吉」

確信を込めた答えを聞き終えるや、俊平は無邪気に笑みを浮かべた。

ともあれ、哀れな亡骸をいつまでも炎天下に晒しておくわけにはいかない。

「おい、早いとこ運んでやんな」

「へいっ」

俊平が一声呼ばわると、控えていた奉行所の小者が戸板を抱えてきた。

「当たりはつきそうかい、高田？」

「はい。お任せくだされ」

同行していた先輩同心が問うてくるのに、俊平は力強く即答する。

「さすがだな。それじゃ、後のことは頼んだぜ」

同心は俊平の肩を叩き、亡骸を運んでいく小者たちを先導して去っていく。

もはや若同心と軽んじる者は誰もいない。今や俊平は先輩の面々からも、一人前の定廻同心と認められていたのだった。

暫時の後、俊平と政吉は新大橋の隠居所を訪れていた。

「あの連中がねぇ……。たしかに手癖《てくせ》の悪い奴らだったけどよぉ、まとめて据物斬りにされちまうほどの大事《おおごと》をしでかすとは、とても思えねぇんだけどなぁ……」

二人の話を聞き終えると、幸内は思案顔でつぶやいた。

「して、ご隠居。その手代共とは何者なのですか」

俊平が急いた様子で問いかける。殺された者たちの身許を調べた上で、一刻も早く探索に走りたいのだ。

だが、対する幸内は押し黙ったまま、じっと俊平を見返したきりだった。

「ご隠居……？」

戸惑いながらも、俊平は眼力の強さに圧倒されて二の句が継げない。

しばしの間を置いて、幸内は口を開いた。

「……口外しねぇって約束できるかえ、若いの」

「は……」

「南町じゃ、そいつらが以前《まえ》にやったことは不問に伏すって裁きになってるんだ」

「では、あの者たちは咎人《とがにん》でありながら、無罪放免に処されたのですか」

「そうしてやってくれって、仁杉に頼まれてな」

「仁杉様……が？」

「ちょいとややこしい経緯があるんだよ。ま、順を追って話すとしようか」

幸内がそう言うと、三人は改めて囲炉裏端に腰を落ち着けた。

燐が麦湯を運んできてくれる。

井戸で冷やした麦湯には、到来物の練り羊羹《ようかん》も一切れずつ添えられていた。

「何でぇ、俊の字のだけ分厚いじゃねぇか」

「いいじゃありませんか、高田様はお若いんですから……。お年を召されて甘味《かんみ》の取りすぎはよろしくありませんよ、殿様」

目ざとく見つけた幸内が文句を言うのに、燐はさらりと切り返す。

「どうぞ、ごゆっくり」

「忝ない」

こうしてさりげなく好意を示されるたびに顔を赤らめるのが常の俊平だが、今日は言葉少なに礼を述べたきりだった。

今は、目の前の事件のことだけが気がかりなのである。

「早《はよ》うお話しくだされ、ご隠居」

「まぁ、落ち着きなって。話せば長いことなんだからな」

遠い目になりながら、幸内は麦湯を一口啜る。

「事の起こりは四年前、江戸中が飢饉で参っちまってたときのことよ。店の金を三百両も摘《つま》みやがったってんで俺がお白洲で説教してたら仁杉の奴が割り込んできて、これは買米御用の労苦が募ったあげくの所業なれば、何卒格別のお慈悲《じひ》をって頭を下げてきやがってなぁ……」

そう言って語り始めた口調は、愁《うれ》いを帯びたものであった。

八

幸内が一部始終を語り終えようとした頃、すでに陽は西に傾いていた。

「こいつぁお奉行の他には仁杉と配下の同心衆、それから俺と政吉しか与り知らねぇことだよ。そいつらが使い込みをしたってことは、又兵衛《またべえ》って米問屋の主が胸の内に仕舞ってくれてるはずさね。今になって亡骸《おろく》にされちまう理由なんぞ、あるはずもねぇやな」

「では一体、何者が……」

「どうにもきな臭ぇって気がするな」

首を傾げる俊平に、幸内は厳しい表情で言った。

「南町が連中に慈悲をかけたことをほじくり出して得になる奴となりゃ、自ずと限られてくるだろうさ」

「……まさか、お目付様が」

しばしの間を置いて、俊平は愕然とした表情を浮かべた。

「お前さんの思った通りよ。鳥居の奴がまたぞろ動き出したのかもしれねぇ」

「されど、何故に……」

「奴の思惑といえばひとつしかあるめぇ。ずばり、お奉行を追い落としてぇのさ」

「それは肩入れをしていなさるという噂の、西ノ丸の御留守居役様のためにですか」

「違うな」

　幸内は即座に答えた。

「あいつぁ人様を身贔屓《みびいき》するような玉とは違うさ。恐らくは手前《てめえ》が奉行になるための露払《つゆはら》いに仕立てようって肚《はら》なんじゃねぇかな……。いずれにしても、御救米の件は格好のねただろうよ」

「そんな……このままでよいのですか、ご隠居っ」

「落ち着きな、若いの。どのみち俺らが手の出せることじゃねぇよ」

「く……」

　俊平は悔しげに歯噛みする。

　仁杉五郎左衛門は俊平にとって、幸内に等しく尊敬に値する人物である。

　不正を働いたなどというのは、根も葉もないでっち上げに違いあるまい。

「しっかりしてくだせぇ、若旦那」

政吉が励ます声も、俊平の耳まで届いてはいなかった。

九

月が明け、八月になった。

残暑の候も過ぎ、秋の気配が日一日と深まりつつある。

南町奉行所の奥では、筒井伊賀守と仁杉五郎左衛門の主従が向き合っていた。

共に毅然とした面持ちである。

「何も動じるには及ぶまいぞ、仁杉」

「御意」

筒井の一言に、仁杉は憂《うれ》いのない声で答えた。

矢部左近衛将監定謙と鳥居耀蔵が手を組み、四年前の御救米買い付けの一件を探索して廻っているらしいと知らせてくれたのは宇野幸内だった。

二人の身を案じて止まないのは、幸内だけではない。

「そうそう、悪いほうに考えすぎねぇのが一番ですぜ」

筒井の傍らに座していた遠山左衛門尉も、力強い支援者であった。

御救米の件については筒井から直々に明かされ、すでに得心している。のみならず筒井の失脚を阻止するべく、密かに尽力してくれてもいた。

頼みの綱は老中首座・水野越前守忠邦である。

水野は南北町奉行の現体制を高く評価してくれており、数々の難事件を解決に導いてきた筒井と遠山が両輪になってこそ、江都の安寧《あんねい》は能《よ》く保たれると見なしている。

「こういうことは俺の柄《がら》じゃねぇんですが、将監の野郎が南町奉行の職を狙ってますって折に触れて、ご老中のお耳に入れるようにしておりますんでね……。あの御方さえ睨みを利かせてくれりゃ、ひとたまりもないこってしょう。安心しなせぇ」

努めて力強い声で、遠山は二人に告げる。

筒井が失脚させられる前に、矢部を逆に左遷させてしまおうと考えているのだ。

それはできぬ相談ではない。

もとより水野は矢部を疎んじ、政《まつりごと》で対立してもいる。

そもそも矢部が勘定奉行を罷免《ひめん》されて西ノ丸留守居役となったのも、老中首座に就任したばかりの頃の水野による制裁人事だったのだ。

今一度、更なる閑職へ左遷されるように持っていけば、もはや矢部も町奉行になる夢など抱いてはいられまい。

問題は矢部と筒井、どちらの人事が先になるかであった。

いかに水野が筒井のことを気に入っているとはいえ、矢部が御救米買い付けの不正に関する証拠を揃えてしまえば、他の老中たちの手前もあり、さすがに見逃してはくれまい。

しかし、当の筒井は些かも戦々恐々としてはいなかった。

「どのようなお裁きが下ろうとも恥じるには及ばぬぞ、仁杉……」

「恐れ入りまする」

南町奉行として、与力として、正しいことを為したと二人は信じている。

公儀にしてみれば慈善事業のつもりの御救米買い付けでも、手配をする現場の者に皺寄せがきてしまってはたまらない。

そこで御救米取扱掛を任された仁杉は御用商人に頭を下げて追加資金を出してもらったり、大坂の堂島《どうじま》米市場を経由して江戸にもたらされる下り米より値の安い地廻《じまわり》米を多く買い上げて、先に生じた諸々の差損の穴埋めができるだけの差益が得られるように努めた。

そうやって奔走した結果、見事に帳尻を合わせるのに成功したのだ。

「ご老中が不正というお裁きを下されるならば、甘んじて受ければよいのだ。たとえ御役御免になろうとも、儂は構わぬ」

「そう急いちゃいけませんぜ、お奉行」

筒井の一言を耳にするや、遠山は懸命に訴えかけた。

「御身を案じているのは俺だけじゃないんですぜ。新大橋の隠居も北町の若いのも必死になって、鳥居の動きを探ってるんですから」

「皆に心配をかけて相済まぬ。この通りじゃ」

筒井は慇懃に頭を下げる。それに倣《なら》って、仁杉も深々と座礼をした。

宇野幸内が信頼する高田俊平にのみ、御救米の一件を明かしたとのことは当人からすでに報告を受けている。

「せっかく楽隠居をしたというのに、宇野をここまで巻き込んでしもうたのう……」

「気に病《や》んじゃいけやせんよ。みんなで心をひとつにすりゃ、何だって乗りきれねぇはずはありやせん」

弱音を吐く筒井を励ましながらも、実のところ遠山にも自信はなかった。

矢部を首尾よく左遷させることが叶ったとしても、後ろ盾になっている鳥居耀蔵は果たして諦めるだろうか。

(あいつの狙いは将監を持ち上げることなんかじゃねぇ。露払いにして、涼しい顔で後釜に座ろうって魂胆《こんたん》なんだろうぜ……)

鳥居が南町奉行の座に就けば、いよいよ手がつけられなくなることだろう。

あの男には信念も、確たる理想もない。

あるのはただ、どす黒い権勢への我欲だけだ。

清廉潔白にして理想高き水野越前守に表向きは媚《こ》びへつらいながら、いざとなれば平気で裏切りかねない鳥居に、決して好き勝手にさせてはならない。

(しかし、防ぎ得るのか、俺に……?)

晴れぬ遠山の心の内と同様に、空もにわかに曇り始めていた。

十

その頃、宇野幸内は永代橋の袂に差しかかっていた。

高田俊平と政吉に合力《ごうりき》し、米問屋の元手代たちが殺害された一件を探索して廻っているのだ。

しかし、一向に埒は明かなかった。

米問屋の主は口をつぐみ、知らぬ存ぜぬを通すばかりである。仁杉のおかげで損を出さずに済んだご恩は忘れていないと言い訳しつつも、誠意の感じられる対応はしてもらえずじまいだった。

俊平と政吉は鳥居と配下の御小人目付たちを下手人と目し、屋敷前に張り込んでは連日の尾行を続けていた。

捕縛するのが至難というのは、むろん俊平も承知していることだろう。

もしも町奉行所が目付と対決し、敗れたとなれば俊平は詰め腹を切らされることになる。

当人はそれだけの覚悟を決めているらしいが、あの有為の若者を死なせたくはないと、幸内は切に願っていた。

曇り空の下、幸内は黙然と永代橋を渡っていく。

と、月代にぽつぽつと雨粒が降りかかった。

「秋雨かい……濡れて行っちゃ、体に毒だわな」

ひとりごちながら急ぎ足になろうとしたとたん、不意に幸内は歩みを止めた。

前後から見慣れぬ武士が迫ってくる。

その頭数は、合わせて十名を超えていた。

皆、揃いの竹田頭巾で面体を覆い隠している。

「お前さん方、どこの手の者《もん》だい？」

幸内の問いかけに対する答えはない。代わりに向けられたのは、一斉に鞘走った凶刃であった。

「死んでもらうぞ、老いぼれ」

頭目と思しき一人が、居丈高な口調で宣した。

「お前ら、鳥居の野郎んとこの御小人目付だな」

機先を制するように告げながら、幸内は鯉口を切る。

どのみち居合で立ち向かえる頭数ではない。

刀を振るう体力が尽きるまで、立ち合い続けるより他にないと腹を括っていた。

「一人きりで出張《でば》ったのが命取りだったな」

頭目は嘲《あざけ》るようにして言った。

「若い同心とじじぃが尾けて参ったのは囮《おとり》の乗物よ。今頃は疾うに諦め、引き上げた頃であろうな」

「で、俺から先に始末しようってことなのかい?」

「町方など最初《はな》から相手にはしておらぬ。町奉行どもに余計な知恵を授けておる、うぬにさえ消えてもらえば、後はこっちのものよ」

「ふん、鳥居はよっぽど俺が目障りなんだろうな。まったく、隠居ひとりにこれだけの手勢を差し向けるとは、どうかしてるぜ」

「ほざけ!」

頭目は吠えながら、不敵に嗤《わら》った。

「我らが殿が申されておったわ。うぬのように御家にも御役目にも縛られておらぬ輩ほど厄介な者はおらぬ。どのように動くか判然とせぬならば、いっそ消してしまうが肝要とな」

「どうあっても、生かしちゃおけねぇってわけかい」

相手から視線を逸らすことなく、幸内はすっと背筋を伸ばす。

刀は中段に構えている。

前後左右に気を張り巡らし、間合いに踏み入らせまいとしているのだ。

幸内を押し包むようにして、十余名の刺客が迫り来る。

橋を渡ってくる者は誰もいなかった。

斬り合いが始まろうとしているのに気づき、橋詰に逃げ去ったのだろう。

雨は勢いを増していた。

幸内は雪駄《せった》を脱ぎ捨てて、足袋《たび》裸足になっている。

対する刺客たちは草鞋《わらじ》履きだった。

細身の馬乗り袴に脚半《きゃはん》を巻き、足拵《あしごしら》えは十分である。

幸内はと見れば、紬の着流しに袖無し羽織を重ねただけの軽装だった。用心のため、常に大小の二刀を帯びるように心がけてはいたが、これほどの多勢に襲撃されるとはさすがに予想できていなかった。

(俺も甘いな)

しかし、悔いたところで何の意味もない。

今はこの死地を脱することだけを、ひたすらに考え続けるしかないのだ。

左に回り込んだ一人が、おもむろに斬りかかってきた。

遅れを取ることなく向き直りながら、幸内は刀身を斜《はす》にする。

「む！」

鈍い金属音が上がった。

敵の斬撃を受け流した反動で、びゅんと刀身が跳ね上がる。

その勢いを殺すことなく、幸内は刀を振りかぶった。

袈裟がけの一刀が決まる。

斬り伏せた一人目を尻目に、刀を八双に取り直す。

横合いから二人目が打ち込んできた。

がんと音を立てて、刀身と刀身がぶつかり合う。

相手はかなり膂力《りよりよく》の強い男だった。

ぐいぐい押し付けるようにして刀を合わせ、幸内を押し倒さんとしている。

鎬《しのぎ》——刀身の側面の盛り上がった部分で敵刃《てきじん》を受け止めた体勢のまま、幸内は両の腕に痺れがくるのを覚えずにはいられなかった。

「く……」

力で張り合っては勝負にならない。

となれば不意を突き、合わせた刀を打っ外《ぱず》して、体の均衡を崩すしかなかった。

幸内は橋の欄干《らんかん》に背中をつけた。

一歩間違えば、後がない状態に自らを追い込んだのだ。

「死ねぃ」

低い声で告げながら、刺客は嵩にかかって圧してくる。

幸内は下から支えるようにして柄を握ったまま、刀身を傾《かし》げた。

「うわっ!?」

刺客が驚愕の声を上げた瞬間、さっと足払いをかける。

均衡を崩した敵は、そのまま欄干から大川へ転げ落ちていった。

「おのれっ」

間髪入れず、三人目の刺客が猛然と突きかかってきた。

右、左と鋭い刺突を連続して見舞ってくる。

垂直に立てて握った刀で受け、打ち払ううちに、幸内の刀身はささらの如くに成り果てていく。

それでも、まだ刃は欠けていない。刀身の両側面にある鎬で受けるように心がけていればこそ、愛刀は折れも曲がりもしてはいなかった。

こちらの防御の堅さに対し、敵が業《ごう》を煮やした一瞬こそが勝負の時である。

幸内は居並ぶ敵が死角に踏み込んで来ぬように絶えず目で制しつつ、突きまくる敵の凶刃を辛抱強く防ぎ続けた。

「やっ！」

焦った敵は突きから斬りに転じるべく、刀を振りかぶる。

その瞬間、幸内はずんと胸板に刺突を見舞っていた。

胸を抉《えぐ》られた男は、声を出すこともできず、そのまま倒れ伏した。

「うぬっ！」

幸内の背後に立っていた四人目の刺客が、すかさず怒号を上げた。

相手に先に刀を振り下ろさせてはならない。

幸内は視線を先んじて後方へ送り、敵の位置を確かめながら機敏に向き直った。

両の脇は開いてはならない。わずかでも隙間を作れば、脇の下から斬り上げられてしまうからだ。

向き直った瞬間、幸内は刀を上段に取っていた。

敵もすでに刀を振りかぶっている。

真っ向斬りを放ったのは、まったくの同時であった。

「ぐわっ……」

脳天を割られた敵が崩れ落ちていく。

同じ定寸の刀であっても、手の内——柄を操る十指の動きが錬れている幸内の方がより大きく弧を描いて、刀を先に振り下ろしていたのだ。

しかし、幸内の指は次第に強張《こわば》ってきていた。

雨は一向に降り止まない。

足元に血が流れている。

いつの間に刃でかすめられたのか、右腿を浅く裂かれていた。

（踏み込みが弱くなっちまうな）

冷静にそう判じることができているうちは、まだ大丈夫であろう。

左の足に重心を乗せて、幸内はすっすっと滑り出るようにして前進する。

若い頃ならば川に飛び込んで難を逃れることもできたが、今は橋を渡り切るより他に逃れる手はない。

永代橋の長さは、ざっと二百十間（約三七八メートル）。

まだ、ようやっと半分を超えたところだった。

残る敵は七人、いや八人はいるだろうか。

雨で霞む視界の向こうに、抜き連ねられた刃が見える。

一人ずつでしか斬りかかってこないのは、同士討ちを恐れているからに違いない。

対するこちらは孤立無援なので、縦横に斬り払うこともできる。しかし、刀をぶん回すような体力など、幸内はすでに持ち合わせてはいなかった。

一対一で確実に、焦らずに、敵の数を減じていくしかないのだ。

(齢には勝てねぇ)

自嘲の念を覚えつつ、幸内は降りしきる雨の中で刀を振るい続ける。

いつしか刀を取り落とし、敵刃に脇差を抜き合わせていた。

こちらの刃長《じんちょう》が短いとなれば、果敢に踏み込んで体さばきで圧倒するか、逆にぎりぎりまで引き寄せ、僅差で仕留めるかのいずれかしかあるまい。

幸内は遠のき始めた意識の下で、後者の戦法を採っていたらしい。

「ひでぇ様《ざま》……だな……」

最後の一人となった敵の頭目と向き合い、擦れ違い様に無我夢中で振るった小野派一刀流の合《あい》小太刀『抜打《ぬきうち》』で斬り伏せたとき、幸内は我が身の惨状に気がついた。

おろし立ての袖無し羽織が、ずたずたに裂けてしまっている。

幾つかの傷は肌身にまで僅かに達していたが、薄物一枚でも十分に防刃着《ぼうじんぎ》の役目を果たしてくれたようであった。偶然にも降り出した雨に木綿地が濡れ、刃が通りにくくなっていたことも功を奏した一因と言えよう。

出がけに憐が寒さ除けにと持たせてくれた一着に、幸内は救われたのだ。

ともあれ、十余名の敵に囲まれていながら致命傷を負うに至らず、浅い傷だけで済んだとは奇跡に等しい。

死屍累々《ししるいるい》の永代橋を後にして、幸内はよろめくように歩き出す。

右手の五指はすっかり強張り、脇差の柄から離れない。もっとも、納めるべき鞘は乱戦の渦中でどこかにいってしまっていた。

重そうに右腕を下げて歩きながら、幸内はつぶやく。

「楽隠居して……何もかも鞘に納めちまったんだけどなぁ……。ふつうはお勤め一途に励んできた者にゃ、余生ってごほうびがあるはずなんだが……俺って奴ぁ、どうしてこう、お気楽でいられねぇ性分に生まれついちまったのかね……」

降り続ける雨の中、血と泥にまみれた我が手をじっと見つめながら、誰にともなく幸内は訴えかけずにはいられなかった。

御役を退いたら好きな読本を山と買い漁って耽読し、わが娘とも想う憐に身の回りの世話をしてもらいながら、晴耕雨読《せいこううどく》で気儘《きまま》に過ごしていられれば、これに勝る幸せはあるまい。

そう思い立って隠居所を構えたというのに、持って生まれた性分ゆえに悪事というやつがどうにも見過ごせない。そんな気持ちの赴くままに事件に関わってきた結果が、この様なのだ。

これこそ自業自得と言うべきなのかもしれない。誰も恨むわけにはいかなかった。

「俺みてぇになっちゃいかんぜぇ……若いの……」

この場にいない俊平へ向かって、幸内は朦朧《もうろう》としながら呼びかける。

自嘲の笑みを浮かべようにも、もはや体が思うように動かない。

「痛《つ》ぅ……」

体中の浅手がずきずきと疼《うず》く。

右腿のほうは出血のせいか、すでに感覚が半ば失われている。

だが、こんなことぐらいで死に果てるわけにはいくまい。

一歩一歩、しっかりと踏み締めながら、幸内は歩を進める。途中で右足の傷だけは手ぬぐいで縛り上げたが、出血はなかなか止まりそうになかった。

助けを求めようにも、依然として人通りは絶えたままである。それでも、新手の敵が襲いかかってくるよりはましと言えよう。

今は一刻も早く、傷の手当てをしなくてはならなかった。

「まだまだ……」

つぶやく自分の声が聞こえるうちは、何とか体も動く。幸内はそう信じていた。

「……こんなことでおっ死《ち》ぬ玉じゃねぇだろうが……お前さんはよぉ……」

己自身を励ましつつ、幸内は夢中で歩き続ける。

細身の孤影が、雨の中を遠ざかっていく。

宇野幸内、五十二歳。

この南町奉行所の元敏腕与力がいつになったら安楽な余生を過ごせるのかは、まだ誰も知らない。

〈完〉

隠居《いんきょ》与力《よりき》吟味帖《ぎんみちょう》　錆《さ》びた十手《じって》

牧《まき》　秀彦《ひでひこ》

学研M文庫

2008年6月24日　初版発行

●

発行人 ―― 大沢広彰

発行所 ―― 株式会社学習研究社

東京都大田区上池台4-40-5 〒145-8502

印刷・製本 ― 中央精版印刷株式会社

★ご購入・ご注文は、お近くの書店へお願いいたします。

★この本に関するお問い合わせは次のところへ。

・編集内容に関することは ― 編集部直通　03-5447-2311

・在庫・不良品(乱丁・落丁等)に関することは ―

出版販売部　03-3726-8188

・それ以外のこの本に関するお問い合わせは下記まで。

文書は、〒146-8502 東京都大田区仲池上1-17-15

学研お客様センター『隠居与力吟味帖』係

電話は、03-3726-8124

落丁・乱丁本はお取り替えいたします。

定価はカバーに明記してあります。

ま-7-15